『これが、天羽ルイナが作った
ゲームのシナリオだ』
天羽ルイナの空想遊戯

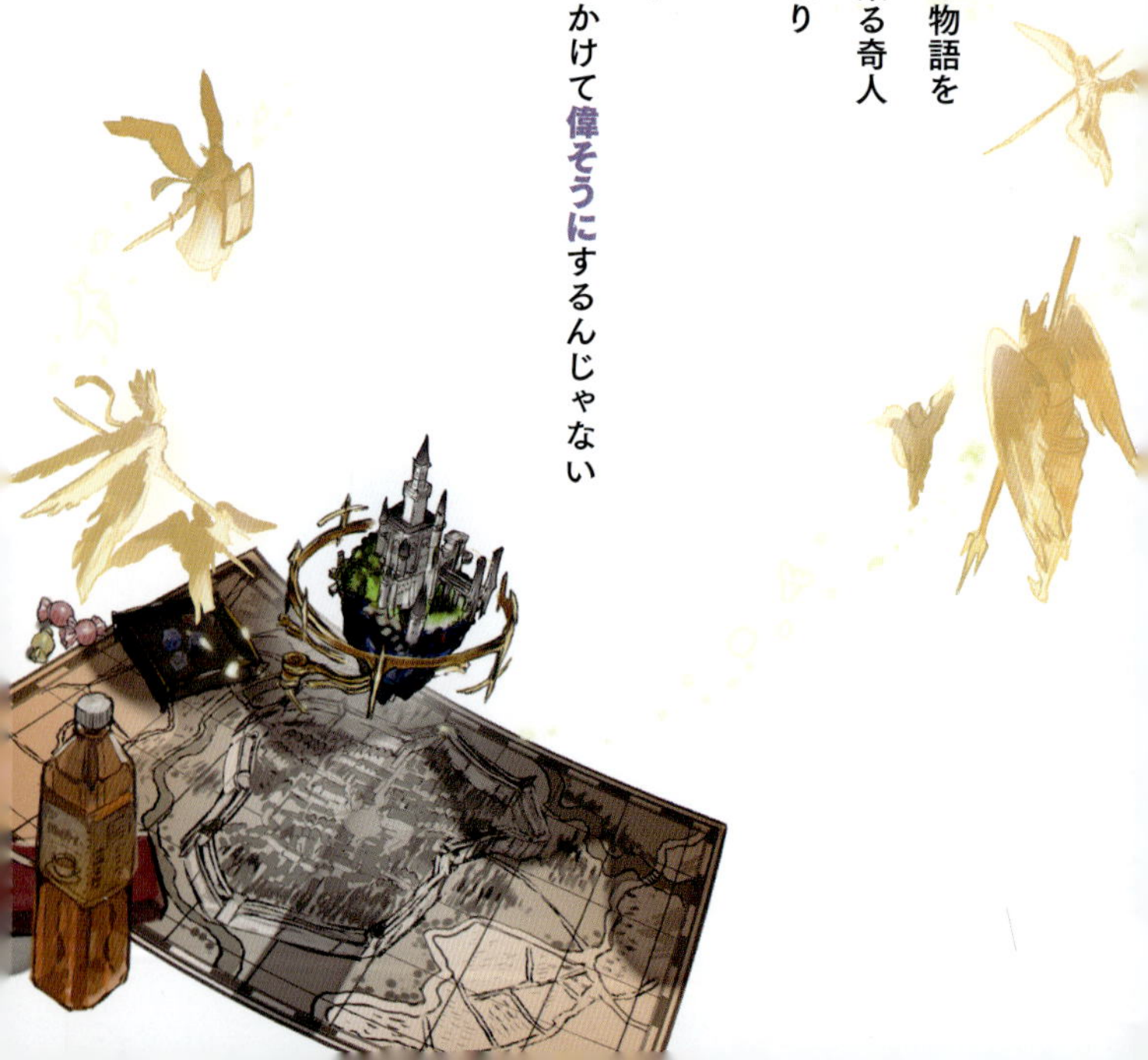

ああ、楽しいね！
不幸なバッドエンドこそ
一番私はぞくりとするんだ。
絶頂すら覚えそうになる！

魔導英雄
高瀬クレイリー
騎士英雄
ティレイア
GAME

TAKASE
高瀬
分かった分かった、おめでとう。
お手製ゲームで自分が作ったキャラクターを、
残虐に殺戮するのは楽しいか？
ああ、楽しいね！
不幸なバッドエンドこそ
一番私はぞくりとするんだ。
絶頂すら覚えそうになる！
AMAHA RUINA
天羽ルイナ
REAL

魔導英雄
高瀬クレイリー
鉄の舞曲
カルロ
騎士英雄
ティレイア
夜天竜
ヴリガスト
妖精姫
アドリエンヌ
GAME

天羽ルイナの空想遊戯
彼女の作ったゲームを、僕が攻略するまで

ショーン田中

ファンタジア文庫

3485

口絵・本文イラスト　輝竜　司

廃絶世界バリスノーン

The Three Decrees

世界は異常と破滅に満ちており、
立ち向かえるのは英雄のみである。

英雄は不死である。

世界は滅ぼされるために存在している。

空想遊戯

Amaha Ruina's Illusory Arena

著：ショーン田中
イラスト：輝竜司

天羽ルイナの

彼女の作った鬼畜ゲームを、僕が攻略するまで

プロローグ／貴方《あなた》に最悪の物語を

「ああ、最悪だな。これで、何度目だ？」

女騎士が、余りある憎悪《ぞうお》を込めて呟《つぶや》いた。誇りと共に手にしたはずの魔剣はもはや、ただ身体《からだ》を支えるだけの代物に成り下がっている。

体力は尽き果てた。魔力も残っていない。もう、抵抗するだけ無駄だと分かっている。

それでも女は暗闇に覆われた天を見た。

夜闇の天空は、異様と思われるほどに美しい。城下から燃え上がる炎が息吹《いぶき》のように噴き上がり、夜に色を添えていた。

月は煌々《こうこう》と光り輝きながら、天に座してこちらを見下ろしている。

この光景は、何度目か。女は自らにそう問いかけ、城壁に思わず膝をついた。魔剣に刻まれた傷がそれを教えてくれる。三十七度。彼女が知る限り、この世界において国家が滅びた回数だ。

廃絶世界バリスノーンには、三つの定めがある。

一つ――世界は異常と破滅に満ちており、立ち向かえるのは英雄のみである。

一つ――英雄は不死である。

一つ――世界は滅ぼされるために存在している。

世界を創ったとされる創造神ルイナは、この世界を生きる人類に平穏を与えてはくれなかった。

幾度人々が繁栄しようと。

何度文化が興隆しようと。

そこに溢《あふ》れんばかりの幸福が満ちようと。

必ず、絶望と破滅と不幸の奈落へ人々を叩《たた》き落とす。

神が、怒りを覚えているのではない。人々の信仰が足りないというのではない。悪人が蔓延《はびこ》っているのではない。

ただそれが当然だと宣《のたま》うように、文明を滅ぼし、人々を根絶させる。

「私達が、何時《いつ》までも貴様に膝を屈したままだと思うなよ――ッ」

女は、英雄と呼ばれる騎士だった。凡夫を遥《はる》かに超越する力を持っている。そうして、世界の定めに応じて決して死なない。だからこそ、三十七度も滅ぼされてきた。

彼女だけではない。黄金卿《きょう》、妖精姫、鉄の舞曲、変革術士、亡霊侯爵、魔女王、劇場剣士、戦場娼婦《しょうふ》、殺害者。数多《あまた》の英雄達がいた。彼女らは世界の危機に呼応して呼び出され──そうして絶望と共に殺害されるのだ。この世界が継続する限り。世界が歪《ゆが》み、世界が軋《きし》みをあげ、世界が彼女らを裏切り続ける限り。

女が美しい碧眼《へきがん》を輝かせながら、それを見た。

月に合わせて天空に君臨するかのような、巨大な竜。此度《こたび》彼女に降りかかる絶対の滅び。その周囲を、歌うように浮遊する十三使徒。

即《すなわ》ち、創造神ルイナの意思を執行する者ら。

「また、汝《なんじ》か。無謀な事だ。何度我に殺されれば気が済む」

「くそぅ、くそう──ッ」

女が落涙した。自らの不甲斐《ふがい》なさに、この世界のどうしようもなさに、そうして三十八度目の死に。

世界を滅ぼす数々の災厄の一つ。死者の王。夜天竜ヴリガストが大きな顎を開いた。彼に付き従う使徒プラマーズが、その偉業を称《たた》えるかのように剣を鳴らす。

その先に何があるものか、女は知っている。悲鳴はもはや出なかった。出たのは一粒の涙だけだった。心にあるのは、もう二度と呼び出されなければ良いのにという思いだけ。

「無様に死に絶えろ、英雄──汝らは、我らに勝てない」

一瞬の咆哮《ほうこう》。鼓膜が弾《はじ》け飛び、女の血が美しく宙を舞う。女を構成していた血肉と骨、魂をブレス一つで吹き飛ばし、国家そのものと言って良い城塞を崩落させながら、自らの勝利と世界の破滅を祝うように、ヴリガストが鳴き、使徒は武具と楽器とを鳴らしていた。

第一章／天羽《あまは》ルイナと名乗る奇人

「はーっはっはっは！　どうだ見たか人類ども！　お前らの抵抗なんて私の前では塵《ごみ》みたいなもんだよ、ばぁーかっ！」

小さな部室に響き渡る声に、はっと我に返った。本から視線を逸《そ》らして顔を上げると、異様な光景がそこにはあった。

栄《は》えある神明杉《じんめいすぎ》高等学校第一学年の同級生たる天羽ルイナが、机一杯に広げた書物や駒、そうして地図らしきものを前に哄笑《こうしょう》を響かせて快哉を叫んでいる。

その振る舞い一つを見ても、彼女が常人とはかけ離れたセンスをしているのは間違いなかった。が、僕は敢《あ》えて明言をしておきたい。

天羽ルイナは、一欠片《ひとかけら》の反論も出来ないほどの奇人変人である。一見すれば、彼女はちょっとした深窓の令嬢と言って良い容姿をしているのにもかかわらずだ。

映った者を呑《の》み込んでしまいそうな深い瞳に、白と見間違うほどに透き通った頭髪。鼻《び》梁《りょう》は彫刻刀で手入れをしたのではと思う程に整っていたし、唇は春を知らない蕾《つぼみ》のように可憐《かれん》だ。頰の輪郭は、それぞれのパーツを見事に調和させていた。

消え入りそうなほど儚《はかな》いのに、しかし燃え上がる程の存在感。きっと天羽はただ普通に学校生活を送るだけでも人の噂《うわさ》になる美少女だったろう。

窓際《まどぎわ》で授業を受けている様子も、体育の際に汗を垂らしている姿も、恥ずかしながら見《み》惚《と》れてしまうほどのものだった。

高校という新たなステージに一歩足を踏み入れたいたいけな青少年は、天羽——奴《やつ》のそんな姿にくらりと打ちのめされてしまう。

しかしそれは、彼女にとっても周囲にとっても不幸だ。

「どうだ高瀬《たかせ》。見ていたか？　羽虫や弱い連中の抵抗は鬱陶しいにも程がある！　私は完膚なきまでに打ちのめしてやったぞ！　完膚なきまでにだ！」

繰り返さなくてよろしい。僕は手にもっていた文庫本を栞《しおり》とともに閉じ、わざとらしくため息をついて目線を強めた。

「どう反応すればいいんだよ。おめでとうとでも言えばいいのか？」

天羽はけろりとした顔で、両手を軽く叩いて僕の拍手を求めている。

「おいおい高瀬、馬鹿か。私が三十八個目の征服を成し遂げたんだ。健康な男子としてはここで一つ、うおおと雄たけびと共に喝采をあげて窓から飛び降りるくらいしろ！」

「君の中での健康な男子ってのはゴリラか何かだったのかな？」

「ゴリラを馬鹿にするなよ。森の賢者だぞ。お前より賢い可能性は十分に高い」

「君への殺意ポイントが一つ溜《た》まった」

「脅迫か。脅迫罪は罪が重いぞ。今から警察に通報するから大人しく連行されるんだな！」

「本当に次から次へと口だけはよく回る！」

僕も多少は口が回る方だと自負していたのだが天羽には一歩劣るかもしれない。

しかしここで奴の子供のようなやり口に翻弄されては僕の負けだ。

高瀬、高瀬とねだるような声に応じて、お愛想《あいそ》程度の拍手をしてやる。

「分かった分かった、おめでとう。お手製ゲームで自分が作ったキャラクターを、残虐に殺戮《さつりく》するのは楽しいか？」

天羽は間髪なく言った。

「ああ、楽しいね！　不幸なバッドエンドこそ一番私はぞくりとするんだ。絶頂すら覚えそうになる！」

僕はもう数度拍手をしてやった。それは決して天羽に対するお祝いではなく、偉大なる人格破綻者様のご高説が余りに酷《ひど》かったものだったから、拍手をやめるタイミングを逃したのだ。

天羽は何も、昨日今日このようになったわけではない。入学当初からこうだったのだ。それにまだ高校生になって一度目の梅雨入りを迎えたばかり。彼女の性格破綻の原因を求められれば、流石《さすが》の高校側も声を大きくして反論するだろう。

——事の起こりは登校初日。春のうららかな陽気に当てられたかの如《ごと》くふわふわとした足取りと心持ちでいる新入生達。無論、僕もその一員であったわけだ。現実的な悲観主義者を自称する僕も、この時ばかりは心が緩むのを抑えきれなかった。

だが新たな教室、新たなクラスメイト、そうして新鮮な空気を前にして尚《なお》、彼女の破綻は隠しきれない。

確か、自分の趣味を紹介するという他愛ない催し物の最中だったと思う。輝かしいばかりの天羽の容姿を見れば、きっとどのような趣味でも誰かが同調するであろう。だから平凡な趣味を掲げておけば良かったのだ。

彼女は言った。

「物語を作るのが好きで、卓上ゲームのシナリオを作っています」

少々、変化球が飛んできた。

聞くに彼女が好むのは、僕らが普段嗜《たしな》むＲＰＧゲームの媒体を電子機器から人間の手に置き替え、確率計算は六面や十面のダイスに任せる代物。シナリオも人間の手で作りあげるので自由度は高いが、驚くほど手間と時間がかかるアナログなゲーム。――いいや正確にはこちらが先で、それを電子機器で処理できるように進化させたのが現代のＲＰＧであるらしいが。

しかし、別にその趣味自体は、変わり種であるだけで全く問題はない。むしろ下手にクラシック鑑賞や古典名画巡り等と言われるより、ずっと天羽に親しみが湧きやすかった。それで終わっておけばよかったのだ。

新任女教師は如何《いか》にも生真面目そうな顔つきで頷《うなず》いて、その後に余計な事を言ってしまった。

「どうして天羽さんは、物語を作るのが好きなの？」

奴はさらりと笑顔で応じた。

「――救いようのない物語が好きだからです」

「へ？」

「言うのなら。幸せそうな誰かが、不幸のどん底に陥るのが好きという事です」

一瞬、誰もが耳を疑った。聞き間違いかと思ったのだ。

だってそうだろう。たとえ事実だったとしても、他者の不幸を好んでいると堂々と自己

紹介時に宣《のたま》う奴はそういない。いるとすれば変人だけ。

即ち、天羽は余りにも変人であった。忌憚《きたん》なく、という言葉は彼女を正しく象徴している。


「誰かに不幸を、世界に滅びを。当然の欲求でしょう。一緒に遊びながら世界を滅ぼしたい人は、どうぞよろしく。筋書はもう出来ていますから」


慣用表現として、場が凍り付いたという表現はよく口にされる。あれは間違いだ。

本当にどうしようもなくなった時、人は不都合な事実から目を静かに逸らすのだ。クラスメイト三十二名、教師を含めて三十三名が確かに聞いていたにもかかわらず。おぼつかない拍手で彼女の言葉を受け止めて次の発表へと移った。その後の休み時間でも、その事象に触れる奴はいなかった。

当然、僕も触れなかった。そりゃそうだろう。聞き間違いならそれで良し。聞き間違いでないのなら、そんな性格破綻者の傍《そば》に近寄る事こそ不幸だ。

僕としても、煌《きら》びやかな学生生活をとまでは言わないが、自ら泥をひっかぶる気は更々ない。残念ながら天羽ルイナと僕とは永遠に絡《から》み合う事がない運命だっただけだ。


——少なくとも、この不幸至上主義者が僕と同じ読書研究会に入部するまでは、それを祈っていた。

「幸福はどれも同じ形をしているが、不幸は様々な形をしているものだ。この言葉は知ってるだろう高瀬」

「……正確に言うなら、幸福な家庭はどれも似たものだが、不幸な家庭はいずれもそれぞれに不幸なものである、だ。トルストイ名著『アンナ・カレーニナ』の一節だぞ。ちゃんと覚えろ」

「そうそう、それだ。その通りだと思わないか？　幸福な終わり方なんて何時《いつ》も同じだろ。だが不幸な終わり方は千差万別だ。そんな物語の方が、ずっと美しい！」

「君が物語の美しさを語るな！」

震える両手で感極まったように天羽が小さな部室に声を響かせる。彼女の長髪がその度に宙を揺蕩《たゆた》って忙しそうに躍動していた。

読書研究会に与えられた部室は、部室棟三階の一番西側の部屋なので幸い天羽の大声で苦情が来る事はない。というより、相手が天羽と分かれば苦情を入れる側がそのまま踵《きびす》を返してしまう。入学して高々二か月で厄介な女の称号を手に入れたのは流石と言ってやるべきだろうか。

所せましと本棚が壁際に並べられ、読書をするのには打ってつけの場所だというのに部員がめっきり来なくなったのもこの女の所為《せい》だった。

当初は二年生の女性も三人おり、僕としては物静かな先輩方とお茶でも出来る時間があればと胸をときめかせていたのだが、同級生の厄介女が全てをぶっ潰してくれた。

三年生は受験勉強で部室には来ないし、一年は天羽を恐れて近づいてすらこない。お陰で僕は本を読み、彼女が部室のテーブルでゲームをやる奇妙な光景が毎日のように繰り広げられるようになった。

頼むからゲームに必要なものを部費で買おうとしないでくれ。それは読書じゃない。

「僕に言わせれば、不幸なままで終わる物語なんて最悪だ。美学に反する」

文庫本を閉じたまま両手と脚を伸ばす。知らない間に、思考が引っ張られていたようで身体《からだ》が疲れ切っていた。

「努力しても報われない、運が向いてこない、実力が足りない。だから幸福にはなれなかった。そんな物語ありか？　リアリティとかどうでも良《い》いんだよ。最後に幸せになってくれなきゃカタルシスがないよ。美しくない」

「はぁー、やだやだこれだから幸福至上主義者は！」

天羽が両手を上げてから、ばんとテーブルに叩《たた》きつける。

「だからお前は面白くないんだよ。今から溝に自分で頭突っ込んで不幸になってこい！」

「不幸ってのは自分から突っ込んでいくもんじゃねぇだろ！」

「若いうちの不幸は買ってでもしろっていうだろ！」

「苦労だそれは！」

天羽《あまは》はまだ文句が足りないのか、ぐちぐちと言いながらテーブルの上に広げた駒を回収していく。

不意に視線を向けた。

少し見ただけでも、凝った造りだと分かった。駒に、ダイス、フィールドマップ、ルールブックすらも、どれ一つとして既製品はない。通常、こういったものは購入するのが常だと聞くが。

全て天羽が自作したり特注をして用意したもの。僕のような怠惰な人間からすれば羨ましくなるほどの熱意を注《つ》ぎ込んで、天羽ルイナは一つの世界を作り上げている。

そうしてその中の登場人物を不幸に叩き落とそうと熱中しているわけだ。うん。やっぱり頭がおかしいぞこの女。

駒の内一つを手に取ってみる。白銀の鎧《よろい》に身を包んだ騎士の駒だった。

騎士英雄ティレイア。前衛タイプのユニット。雄々しく剣を掲げている姿が、今にも動き出しそうに見える。表情すらも丁寧に作り込まれており、鬼気迫るものを感じさせた。

一度垣間見《かいまみ》た『光景』が、瞼《まぶた》の裏へ蘇《よみがえ》ってくる。


——くそぅ、くそう——ッ。


目を細めながら、駒を置いた。物語の中に感情移入しすぎるのは、僕の習性であり悪癖だが。不必要な場面でまで出て来なくて良いものを。

帰るか。

窓外で流れ落ちる雨粒は何時までもやみそうにない。放課後の雨宿りというには長居しすぎだろう。

「よし高瀬《たかせ》、次はお前も入れ」

「はぁ?」

帰り支度をし始めていた僕に向けて、新たなフィールドマップをテーブルに広げて天羽が言う。

「はぁ? じゃないだろうが。私からのお誘いだぞ。呆《ほう》けてないで喜び勇んで雨の中を駆けまわるくらいの事をしてこい」

「呆けたんじゃねぇ。正気で言ってるのかって意味だ。君な。以前僕が入った時どうなったか覚えてないのか」

「覚えてるよ。死ぬほど無様だったな」

一切容赦ない言いぶりに思わず眉間に皺《しわ》を寄せた。

天羽ルイナの奇人ぶりは、自己紹介の一幕からよく理解できるだろうが、こいつはそれだけで終わったわけではない。多くの学友たちを、自分のゲームに誘ったのだ。それも一つ、条件を付けて。


——ゲームを攻略出来たなら、望みは何でも聞く。


何も言ってくれるな。男にしろ女にしろ、天羽ほどの美少女が相手だ。少しでもお近づきになろうと、彼女に声をかけ、そのゲームにチャレンジする輩《やから》は多かった。中には邪《よこしま》な想《おも》いを持っていた奴《やつ》もいるだろう。

安心してほしい。

その悉《ことごと》くが、絶望的な難易度の前に散っていった。

さて、懺悔《ざんげ》しておこう。僕も男だ。読書研究会という枠組みの中、ともに一つの部屋で時間を過ごせば、たとえ相手が超のつく奇人であろうと多少は期待をもった。それも彼女は、何故《なぜ》か自ら僕をゲームに誘ったのだ。

乗せられるまま天羽の指導に従い、二時間ほどかけて魔法使いのキャラクターを一人作った。

そうして――最初のダイス判定で致命的失敗《ファンブル》を引いて天羽に即死させられた。二時間かかったキャラクターが、数分で呪いの毒沼に沈んでいく様子を見させられるのは応えるものがあった。

その上天羽は容赦というものが全くなく、僕のキャラクターは死に絶えたまま物語は勝手に進むのである。「あ。もういいぞ。寝てろ」の一言が僕の淡い期待をしっかりと打ち砕いてくれた事は記憶に深く刻まれている。

天羽が進めている物語――シナリオは純粋に難易度が高すぎる。一つのミスでそのまま即死に繋《つな》がるのだ。どう考えても常軌を逸している。

「もう十分、僕は奮闘した方だと思うんだがね。有栖川《ありすがわ》でも呼んでやればどうだ。喜んでくるだろ」

「あの男では駄目だ、お前が入れ。次のシナリオには魔法使いが必須なんだ。ちゃんと復活システムがあるからお前のキャラクターを復活させてやる」

「そうだ！　お前は私の都合に合わせる。私は私の都合に合わせる。ウィンウィンだ」

「君の都合じゃねぇか」

　こいつ、頭のネジを何本母親の腹の中に置いてきたんだ？

「君を育てた両親の顔が見てみたくなってきた……」

「ごめんなさい高瀬君。私、貴方《あなた》を両親に紹介する予定はないの」

「急に正気に戻ったふりをするな！」

「良いから早く入れ」

　天羽はすっかり準備を整えたようで、フィールドマップを広げ、新たに駒を四つ取り出している。その中の一つは今まで見た事がない――いや、ある。

　魔法使いの容姿を象《かたど》った駒で、顔つきがやや僕に似ている。こいつマジか。わざわざこのために駒一つ新しく作ったのか。流石《さすが》に、胸がときめく。僕も男の子だ。

　大いに胸を張りながら天羽が得意げに言った。

「さ。やる気になったろ。やれ。それとも、一度の失敗で腑抜《ふぬ》けになったか？　これだから幸福至上主義者は惰弱で困る。困難も乗り越えないで、何が幸福だ？」

「……君は今に不幸になるぞ」

「それなら周到に用意してくれ。炭酸の抜けたサイダーみたいな不幸は嫌いなんだ、私は。

伏線も、背景も、意味もある不幸じゃないと意味がない！」

天羽のネジが抜けた不幸論を聞きながら、魔法使いの駒をフィールドマップの上に置き直す。

閉じた本を鞄《かばん》に入れてから席についた。どうせ雨はまだやみそうにない。放課後から帰るまでの数時間。この僅かな黄昏時《たそがれどき》の時間を、天羽の為《ため》に使うくらい良いだろう。

「良いよ。やってやろう。今度こそ、僕の完全攻略で終わりだ」

「ハッ。是非ともそうしてくれ。お前にそんな運と実力があるならな」

「それで、どんなストーリーなんだ。最初から最後まで事前に教えてくれ」

「教えるわけないだろう⁉　出だしだけだ。全部教えてたら面白味がないだろうが。それに元からこれらの卓上ゲームは、自由に先を作れるのが良いんだ」

「ふざけるな。僕は本だってオチから読み出すタイプだ。先が分からない物語なんて冗談じゃない！　ちゃんとハッピーエンドか確認しないと安心できないだろうが！」

「私もよく奇抜だって言われるが、お前も大概変人だよ」

大いにため息をついてから、一拍をおいて天羽は手元のノートに目を通した。

「――廃絶世界バリスノーンを構成する四十二か国の内、すでに三十八か国は消滅した。創造神ルイナの手によって陥落した各国は荒廃の一途を辿《たど》り、廃都と化している。貴方達、英雄の救えなかったものの残骸だ」

天羽は透き通るような声色で、ストーリーラインを部室に響かせる。創造神の名前が天羽の名前と同一なのは気になる所だったが、茶々を入れるような真似《まね》はしなかった。

無粋は僕が最高に嫌うものであるし、悔しくはあるが彼女の語り口調を聞いていたいという気持ちもある。

性格は降り注ぐ雷雨そのものと言って良い天羽だが、それでも僕が彼女を評価している点があると言えば、この語り口調がやけに堂に入っている事である。

声と抑揚は勿論《もちろん》、ちょっとした身振り手振りのようなディティールに至るまで。彼女の語りぶりは人を奇妙に惹《ひ》きつける。

彼女が奇人としての評価を確立した後も、距離を取られるのではなく注目を浴びる存在となっているのはそういった要素も絡《から》んでいるはずだ。

僕すら、つい同じ部屋で彼女の語り口調を聞いていると、それだけで悪い癖が出そうになる。

そう、悪い癖だ。妄想癖、もしくは幻視癖と呼ぶべきかもしれない。

本や映画、物語と付くものなら何でも良い。一つの別世界に集中をすると、それしか見えなくなる。いいやそれ所じゃない。

――物語の世界に入り込んだとしか感じられなくなるのだ。何てことはない。僕の脳が嫌な現実を捨て去って他の世界に行きたがっている証左だろう。

何時こんな癖が始まったのか。それはさっぱり思い出せないのだが。随分と昔からの付き合いであった気がする。

「だが、英雄は死なない。バリスノーンが存在する限り、貴方達は生き続ける。人類を救う為に、世界の救世主たる為に。たとえそれが不毛であると知りながらも」

天羽の語り口調を聞きながら、眼《め》を細める。

「創造神は、貴方達の繁栄を求めていない。幸福を求めていない。安息を求めていない。ただ、貴方達が地に這《は》いつくばり、抗《あらが》いようのない不幸に苦しみ、憎悪《ぞうお》し続ける事を望んでいる。救い手である貴方達の救いは何処《どこ》にもない。勝利した果てに平和があるのかすらも分からない」

息を呑《の》んでしまいそうなほどの、凍り付いた口調だった。耳朶《じだ》を打つ声色が、ゆっくりと迫力を増していく。

「三十八の過《あやま》ちを積み上げ、それでも尚《なお》、貴方達が諦めないというのならば。まだ勝利と幸福な終わり方を望むのであるならば。人類の身勝手な希望となって応じなさい。――英雄達」

　天羽の不安になるほど細い指先が、僕にダイスを振るよう促す。召喚に応じる時、何処に落ちるか、仲間と合流できるかの判定だ。基本的に天羽のルールでは、十面ダイスを二つ振って判定を決定する。事前に成功率として目標値が設定され、それよりも低い出目が出れば成功だ。

　召喚時の目標値は50。この場合は成否を問うというより、低ければより良《い》い結果、高ければより悪い結果、という判定になる。

　目を細めたまま、ダイスを振る。元々、こういったダイスを振るボードゲームが僕は得意ではない。運が変なのか、何時《いつ》も極端な結果しか出ないからだ。

　ころり、ころりとダイスが転がり。結果が出る。

「おお⁉」

　ダイス目は二つとも0。だが天羽《あまは》はこれを100と判定する。即《すなわ》ち、決定的成功《クリティカル》。

「では、召喚に応じなさい。——魔法の担《にな》い手、魔導英雄」

　瞬間、僕の視界には門が見えた。もはや部室、フィールドマップ、ダイスは見えない。ただ天羽の語る世界が見える。

　また、僕の幻視癖が始まった。始まってしまった。

＊

「――起きたか。魔導英雄」

冷たく響く声だった。表情を変えずに、僕は細めた目を開いて顔を上げる。身体《からだ》を動かすと、駒と同じ茶色を基調にしたローブが揺れ動き、大きな杖《つえ》が傾く。足元には召喚陣。何語で書かれているかさっぱり分からないが、もしかすると天羽の事だからこれにも設定があるかもしれない。

座った体勢から起き上がると、この場所が酷《ひど》く手狭な室内だと分かる。エレベーターを少し広くした程度の大きさと言えば分かりやすい。石造りの壁と床は温かみを失い、やけに空寒さを感じさせる。

これは、本当に。僕が見ている妄想に過ぎないのかと疑いたくなる程だ。

「おい、聞いているのか、いないのか。はっきりとしろ」

「聞いてるよ。君は……っ」

驚愕《きょうがく》に言葉を止める。

清廉さを感じさせる傷一つない白銀の鎧《よろい》と、黄金の頭髪が一番に目に入った。整えられた髪の毛は、毛先の一本に至るまで芸術的な美を感じさせる。目元の碧眼《へきがん》は、大きな宝石のように炯々《けいけい》と深い輝きを有していた。左腕に特徴的な刻印を有しているが、それすら彼女の美を引き立たせるエッセンスになっている。

だが彼女の存在感は、万人が羨む美しさをあっさりと食い潰す。はっきりと胸に迫るほどの熱量。そこに在るだけで、視線を惹きつけずにはいられない程の圧力。

駒とまるっきり同じ。騎士英雄がそこにいた。クリティカルの効果か、最初から室内にいて仲間と合流できるのは相当に運が良い。

「……君は騎士英雄ティレイアか」

「初の顔合わせだというのに、ご挨拶な事だ。不甲斐《ふがい》ない真似を見せるな、何時でも貴様の首を食いちぎってやる」

やや長い犬歯を見せるように唇を歪《ゆが》ませて、ティレイアは踵《きびす》を返した。ついて来いと言っている様子だ。足を竦《すく》ませながら、仕方なくそれを追う。

彼女の顔を見て驚いたのは、幻視している彼女がやけに美しいからではない。似ていたのだ。今、僕の前で淡々とゲームマスターをしているはずの天羽ルイナに。

まぁ勿論、ＮＰＣは全て天羽が代行するわけだから。僕の幻視に彼女の要素が入り込んでくるのは全くおかしくはない。ただ美人という設定の騎士英雄に、天羽を幻視してしまうのが嫌だっただけで。

「それでここは何処なんだ」

「良いからついて来い、今は貴様の問答に付き合っている暇はないぞ。魔導英雄、いや高《たか》瀬《せ》クレイリー」

「は？」

「？　何だ。貴様の名だろう、これは」

英雄碑文にも刻まれているので間違いがない。そう形の良い唇を動かす天羽、否《いな》、ティレイアは再び僕をそう呼んだ。

高瀬クレイリー。思い出した。キャラクターを作った時、ファンタジーのような名前だけでは面白味がないと自分の名前を組み合わせたのだ。

だが幻視した中でその名前を呼ばれると、非常にシュールだ。前回は色々と例外で、完全に一人での冒険だったからな。少しばかり現実に引き戻されてしまった。

「呆《あき》れる程に変な名だが、魔法使いとはそういうものだからな。誰も彼もおかしな名前だ」

おいやめろ。僕の適当な名づけを設定に織り込む真似をするな天羽。それただ僕の恥が設定に残るだけだろ。

「……名前の事は忘れてくれ。でも、何処で何をするかくらい分からないとやりようがないだろう？　他の英雄は？　まだ来てないのか？」

天羽が作成する通常のシナリオは、基本的に主人公側が四人もしくは五人でのパーティとなるように作られているはずだ。まだ合流出来ていないのかもしれないが、最低でもあと二人はいる。

しかし、ティレイアは両肩を皮肉げに上げながら言った。

「残念ながら、貴様が最後だ。高瀬クレイリー。他の二人は、もう死んだ」

「はぁ!?」

「妖精姫アドリエンヌ。鉄の舞曲カルロは貴様が呑気《のんき》にしている間に命を落としたと言っているんだ！」

ちょっと待て。確かに天羽のシナリオは極悪難易度である事は疑いようもない。しかしこれは、流石《さすが》に演出だよな。僕が知らない所でダイスを振って本当に死んだんじゃないよな。

何処か焦燥した様子で僕の腕を引いたティレイア。その先に、光が見える。外の光だ。シナリオが始まる第一歩。

──視線の先に、半壊の様相を呈した都市があった。それは今もなお崩壊を続けている。

視界に見えるは天高く飛行するドラゴン。太陽すらもひれ伏させるように飛び回り、顎を大きく開けば、家屋を優に呑み込む大きさの火球を都市に落とす。

大火球《ファイアブレス》が、都市を濃厚な炎色に染めていく。炎が噴き上がる度に人の悲鳴があがり、断末魔が耳を貫く。

弓矢を持って竜に対抗しようとする人もいるが、そんなものは虫が人間を一刺しするのと同じだ。竜にとっては全く致命的じゃあない。

それに、あの竜は。

「おい、何だ。どうするんだアレ⁉」

「それを考えるのが貴様の領分だろうが！」

幸い、僕が入っていた石室は都市を見下ろせる小高い丘に位置していた。元は教会だったようだが、廃屋同然で石室だけが残っている。見下ろせる、といっても実際には都市と距離が殆《ほとん》どない。竜ならば翼を一振りさせれば辿《たど》り着ける。

「妖精姫も、鉄の舞曲も奴《やつ》の炎で炭になっている！　私がどうして召喚場まで貴様を呼びに来たか分からんのか⁉」

「分かるも、分からないも。あの竜は――」

間違いがなかった。天から零《こぼ》れ落ちた夜のように黒い鱗《うろこ》。遠くからでも尚感じられる咆《ほう》哮《こう》の余波。僕が天羽の語り口から幻視した、一つ前の国家を滅ぼした竜と同一。

人類種を殲滅《せんめつ》させるために産み落とされた災厄。死者の王にして、夜となれば二万を超える不死の軍勢を率いる者。そうして前回、騎士英雄ティレイアを殺害した大敵。

夜天竜ヴリガスト。

人類種とは、人間や亜人、エルフ、ドワーフといった魔種を除いた全ての種族。

即ち、アレこそが世界の敵。

「ええい、埒《らち》が明かん！　良いか、英雄には役割《ロール》というものがある。騎士英雄、鉄の舞曲と呼ばれる我らはパーティの前衛を必ずつとめあげよう。不服であれ、貴様の盾にでもなってやる。後衛の者も、必要であれば身を削って敵を吹き飛ばす。だが、貴様はそれだけではない！」

「おい待て先に手を出すなこの暴力騎士⁉」

ティレイアが僕の首元を引《ひ》っ摑《つか》みがくがくと前後に揺らす。背丈はさほど高くない、というより天羽と同じく僕より小さいというのに、その膂力《りょりょく》が尋常ではなかった。しかし物理的な圧力まではっきりと感じるとは、僕の幻視も極まる所まで来てしまったらしい。

鋭利な目つきをもって僕を突き刺す様子で、ティレイアが言う。

「良いか。魔導英雄というのは、ただ後衛を真っ当していれば良いのではない。貴様の役割は智恵《ちえ》を捻《ひね》りだし、パーティ――黄金連盟《エル=ドラド》の道標となる事だろうが！　今までまともに現れもしなかったツケをここで払え！」

智恵を捻り出す？　道標？

一瞬困惑したが、すぐに天羽が設定した世界観の意図を読み取った。流石に今のティレイアの台詞《せりふ》は少々、説明臭かったのではなかろうか。

言わば、彼女らに対し僕が指示を出せと示唆しているのだろう。僕の幻視の所為《せい》で生きとしているが、彼女らはＮＰＣ。ここでプレイヤーは僕だけだ。それを智恵役、道標と訳したというわけか。魔法使いという役割にも合致して不本意ながらも胸がときめいてしまった。

天羽の良い所だが、奴はバッドエンドを望んでいるとはいえ杜撰《ずさん》なものを嫌悪《けんお》している。細部に至るまで、彼女は本気だ。物語愛好家としてはそういった意気込みには応えてやりたい。

絶対最後は僕が美しいハッピーエンドに引きずり込んでやるが。

「……分かった。ちゃんと仕事をこなしてみせよう。だから情報が欲しいね。ここは何処《どこ》で、あの夜天竜はどうして都市を襲撃してる。他の二人の英雄が死んだ詳しい状況も」

　ここが三十九か所目の都市だとは推察がつく。しかしどんな国家か、何故《なぜ》夜天竜の襲撃を受けているかの情報が全く開示されていない。恐らくは、ここでティレイアより聞き出せというメッセージだ。

「その上で、あの竜をどうにかする術《すべ》を決めよう」

　自信を持ってそう言った。

　この二か月間の観察を踏まえて、僕はある種の信頼を天羽《あまは》に置いている。

　どんな選択肢を取っても不幸に陥るなんてのは、もはや不幸ではなく必然。

　何が起ころうと絶望しかないのであれば、もはや絶望ではなく終焉《しゅうえん》。

　そんなものを天羽は好まない。

　彼女は良くも悪くもズレている。安易さも杜撰さも彼女は許せないのだ。一粒の救いがあるから、不幸が燦然《さんぜん》と煌《きら》めくと信じている。

　だから、冒頭から三十八か国が滅び、パーティが半壊し、都市に強大な竜が襲撃をかけている最中であっても。必ず打開策は用意されている。天羽が好きなのは、それで尚《なお》もバッドエンドに陥る事だからだ。

　ティレイアは一瞬怯《ひる》んだ様子を見せたが、ふんっと鼻を鳴らして尖《とが》らせた唇を僕に向けた。

「今更出てきて偉そうに……。良《い》いか、一度で覚えろ。ここはミシュレ星辰《せいしん》皇国。星の導きと脈動に依《よ》って建国された国家だ。星動魔力によって生かされ、月の輝きが国土を照らした。……だが、貴様も知っているだろう。もはや星の魔力は枯れ、滅びを迎えるばかりだ。他の国家と同じくな」

ため息をつくような、苦しみを敢《あ》えて噛《か》みしめるような素振りでティレイアは言った。その瞳がどこか一つ色合いを落とす。それは幾度も同じ道を見送った者が、再び同じ道を見る様子だった。

仕方ない話だ。僕だって、本当にこの世界の住人なら同じ瞳をするだろう。

ルイナの語り口を聞いている内に知った事だが、廃絶世界バリスノーンには、統一した一つの理《ことわり》がある。たとえどれだけの物事がねじ曲がっても天羽が譲らない理。

――数多《あまた》の英雄に救われ、幾多もの窮地を乗り越えてきたこの世界。輝かしい栄光と繁栄を築きあげたこの世界は、もはや寿命を迎えている。

英雄の時代は終わりを告げ。

毒の血が大地を巡り。

豊穣《ほうじょう》は腐り果て。

王も民も道を違《たが》え。

もはや物語は生まれず。

そうして全ては枯れ落ちて死に絶える。

だからこそ、創造主たる神はこの世界を滅ぼさんとしているのだと。そういうバックボーンがこの世界には埋め込まれていた。

ミシュレ星辰皇国も、かつては星と月より魔力を得て栄耀栄華《えいようえいが》を味わった。星詠《よ》みに始まる星間魔法を創造した偉大な国家が、今は竜どころか魔種に抵抗する力すら失って崩落の一途を辿っている。

――そのような設定だと、ルールブックに書いてあった。

「良いか、貴様。夜天竜がここを狙う理由など一つだ」

どこか震える声で、ティレイアが告げた。

「ミシュレを失うのは、人類が星と月の加護を失うのと同じ。今まで我らが失ってきた領土、文明、技術と同様に、今度は夜を失うのだ！　夜は魔種の手に落ちる。人類は夜に出歩く事は出来ず、ただ奴らの牙を恐れるだけの種族に成り下がる！」

拳を固くし、ティレイアは僕の胸元を軽く押した。そこに力は籠もっていなかったが、はっきりとした震えが読み取れる。そこには強い語気と相反した、全く別の感情がにじみ出ていた。

この世界では、各国が一つの技術や文化の担《にな》い手になっている。多種多様の魔法や武技、錬金術、魔道具の精製、超能力の開発、神秘の加工。そうして、担い手たる国家が陥落すれば、人類からその技術も喪失する、という設定だったはず。

敗北すれば敗北する程にプレイヤー側が不利になっていくという最悪の要素に思えるが、まぁ道理に沿っている。

しかし、ティレイアの震えから読み取れる感情は、僕が天羽に覚える怒りや辟易《へきえき》とはまるで違った。瞼《まぶた》が細かく瞬《しばた》き、僕を見た。

その瞳は知っているのだ、見て来たのだ。幾度も文明が、技術が、命が失われてきた様を。

参った。僕の幻視も大したものだ。ここまでディティールに拘《こだわ》って物語を再現するとは。声の一つ一つを天羽が演じているとは到底思えない。

「錬金術が失われ、魔剣はもはや作れなくなった。刻印術が失われ、エンチャントの秘術は人類から消え去った。残るは四つ。魔の運動《マギステル》、魂の図像《スピリトゥス》、知の継承《センスス》――そして星の宿命《ドミヌス》。どれ一つとて、失うわけには……いかんのだ」

それぞれの意味合いは分かりかねるが、口調の深刻さから重要度は図り取れる。四十二の内、三十八も滅んでいるのならもはや手遅れではないのかと内心思いつつ、眼《め》を細めた。

「最悪な状況と僕の仕事はよーく分かった。じゃあ戦力確認をしておきたいんだが、ティレイア。君は例えば夜天竜と正面から戦えば勝負できるのか？」

「……ふざけているのか？」

「奇襲なら？」

「そもそも私単騎でどうにか出来るものなら貴様なぞに頼るか⁉　夜天竜に遭えば、如何《いか》な我らでも撤退するしかない！　罠《わな》も軍による総力戦も通じん相手だぞ！　その上、奴は強大な使徒と軍勢すらも配下に置いている！」

「そりゃそうだが確認って言ったろ確認と！」

「赤子でも分かるわ⁉」

　ティレイアを始めとしたユニット達は、主人公補正という程ではないが英雄と呼ばれるだけあって現地人からすればずば抜けた力を持っている。失われた技術も、英雄のみは保持しているのだ。それが単騎では到底及びつかない敵となると、夜天竜はボスユニットと思って良い。

　……そんな化物を、物語の最序盤に出してくるな。負けイベントか。負けイベントなのか。

「いや、違うか」

絶対にないな。天羽が、負けイベントなんていう仮初《かりそ》めの絶望を与える真似《まね》を好むはずがない。奴はやる時は徹底的だ。相手が怯み一歩引くだけじゃ物足りない。相手に二歩も三歩も下がらせ、果てには頭から転倒するまで追い詰めるのが天羽という女だ。

とすると、何処かに抜け道を用意しているはずだ。最低最悪の状況でも、場を繋《つな》ぎ止められるような何か。生唾を喉が吞《の》み込んだ。変な緊張感がこみ上げてくる。

クソ。これだからエンディングの分からない物語は嫌なんだ。僕はゲームでも攻略本を片手に最善ルートを選び続ける派だというのに。手探りなんて冗談じゃあない。

「貴様はウィザードッ！　魔法使いだろうが！　御伽噺《おとぎばなし》のように胡散臭《うさんくさ》い活躍くらいしてみせろ⁉」

「胡散臭い活躍ってなんだよ⁉」

いや、何となくは分かる。きっと人が困ったときに現れて安い幸福を差し出し、本当にどうしようもなくなった時には手を差し伸べてくれないような魔法使い像だ。

「……いや、そうか。魔法使いだったな僕は」

ティレイアの激しい唸《うな》りを他所《よそ》に、不意に思い出していた。勿論《もちろん》、魔法使いだった事をじゃない。

思い出したのは、天羽の言葉だ。

——次のシナリオには魔法使いが必須なんだ。ちゃんと復活システムがあるからお前のキャラクターを復活させてやる。

奴《やつ》は魔法使いが必要とそう宣言したのだ。そこに嘘《うそ》はないはず。そもそも、天羽は不器用なほどに率直で、嘘をつくのが苦手だ。

シナリオに魔法使いが必須だとするならば、ヴリガストの襲来も魔法使いのスキルにより乗り越えられるのではないか。

自分のスキルを参照する。頭に紙をぺらりと捲《めく》った音が響いた。今は没頭するがゆえに頭に情報が浮いて出てきているように思えるが、本当はキャラクターシートをその目で見ているのだろう。

浮かんだ文字をそのまま呟《つぶや》く。

「幻影魔法——これで、どうやって何とかするんだ」

このゲームの事など何も分からない僕は、ただ最初に目についた変わった属性を魔法の主属性に選んでいた。火や水というのは、普通のゲームで散々遊び尽くしたのだ。どうせならば使いづらそうな魔法で遊んでみたいと純粋な事を考えていたのだろう。

呼気を漏らして呟いた。

「――なぁ、天羽」

＊

「ん？　どうした、高瀬《たかせ》クレイリー」

「その名前で呼ぶなよ」

「駄目だ。今お前はゲーム内のキャラクターだぞ」

自作なのにもかかわらず、分厚いルールブックを片手に開きながら唇を尖らせる天羽を前に、眼を数度瞬く。瞼をはっきりと認識すれば、先ほどまで見えていた幻視は消え去っていた。

「それに、お前も天羽とか呼ぶんじゃない。世界観が崩れる。きちんとルイナ様と呼べ！」

「英雄にとって完全に敵側の奴になんで様付けするんだよ」

「こっちは神だぞ、神！」

「……じゃあ創造神ルイナ。教えを賜ってよろしいでしょうか？」

「許可するッ！」

納得したらしい。天羽――ルイナは事、このゲームについては拘りが強い性格だ。プレイヤーとしての発言だったとしても、世界観からずれるものは許容できかねるようだった。

僕としては幻視がない状態だと恥ずかしい気もするが、しかし一度付き合ってやると決めた以上そうそう投げ出す事はしない。

「僕が選んだ幻影魔法があるだろ。『偽りの王国』『虚偽の時計』『万物偽転』それぞれがどの程度までの効果を及ぼすのか聞きたい。解釈って言えばいいのか？」

無論。ゲーム処理的にどのような意味を及ぼすのかはルールブックにも記載されている。

次の通りだ。

『偽りの王国』――世界に幻影を作り出す虚術。効果時間、範囲は魔力量によって変動する。〝ノルギの王は魔術師に繁栄を授けられた。富も、名声も、美妃《びき》すらも幻影であると、王は死ぬまで知ることはなかった〟

『虚偽の時計』――対象の時間感覚を惑わせる虚術。効果時間、範囲は魔力量によって変動する。〝時よ止まれ。恋人たちの願いを魔術師は叶《かな》えた。今もなお、彼らは止まったまま動かない〟

『万物偽転』――対象の肉体動作に干渉する虚術。効果時間、範囲は魔力量によって変動する。但し、使用回数はシナリオ一回。〝俺じゃない、身体《からだ》が勝手にやったんだ。魔術師は頷《うなず》いた。もう二度と身体は動かない〟

実にシンプルな記載。よって、どこの範囲まで出来て、何が出来ないのかはゲームマスター、つまりルイナと相談する事になる。なお、『万物偽転』にシナリオ、つまり一つの物語に一回という使用制限がついているのは、いわゆる必殺技――『伝承《フレオー》』であるからだ。この世界では味方も敵も平等に、制限回数付きの奥の手を持っていると思えば分かりやすい。こいつを使うのは、ここぞという時だけだろう。

ルイナは実に胡散臭そうに僕を睨《にら》みつけてくれたが、その程度で怯《ひる》む僕ではない。

「……言っておくが、大前提として幻影魔法は対象の認知に干渉する魔法だ。認識、感覚、動作それぞれにな。よって、魔法でもって対象を傷つけるような効果は及ぼせない。高瀬クレイリー、お前の事だ。血の流れに干渉すれば、相手を即死させられるとかでも考えたんじゃなかろうな？　当然、そんなものは却下だ。趣旨に沿った運用をしてもらおうか」

心が痛い。考えなかったとは言い切れない辺りが。

しかし、なるほど。という事は趣旨に沿っていれば、問題はないわけだ。

一つ、二つ。僕の言葉を聞いた上でルイナは両の眉をぴくりと反応させる。そうして一分ほどすっかり考え込んでしまった。

しかし、次には笑顔で言う。

「良《い》いだろう。だがダイス判定だ。成功確率はそうだな。魔法起動も合わせて——35％。お前に引けるか高瀬クレイリー？　以前も重要な場面でファンブルを引いた、ファンブルマスターだろう」

「誰がファンブルマスターだ」

とはいえ、僕のダイス運がやたらと偏るのは確かだ。それが下にぶれれば僕の負け、国は滅びる。上にぶれれば勝ち、一先《ひとま》ずは助かる。

二つの十面ダイスを握りしめながら、それをテーブルの上に投げ込んだ。

くるりくるりと、国家の運命を担《にな》ったダイスが回転する。結果を見守り、ルイナが口を開いた。

「では——高瀬クレイリー。お前の行動の結果だ」

＊

「おいッ⁉　何をぼぉーっとしている貴様ッ！」

目の前にいたのは、騎士英雄ティレイア。幻視の光景が、再び戻ってきてしまったらしい。流石《さすが》の僕も、眉間を押さえ込んで自分の正気を疑った。

確かに物語に没頭しやすい性質ではあったが、こうも連続で見せつけられたのは初めてだ。題材か、それともルイナの語り口調の所為《せい》か？

視線を動かせば、夜天竜ヴリガストはミシュレ星辰《せいしん》皇国の皇都に、今も襲いかからんとしている所。その強大な顎を開き、竜の必殺とも言える業火《ごうか》のブレスをため込んでいる。

今、一瞬の猶予があるのは、一度目のブレスの際の土煙が収まり切ってないからだ。

あれを吐かれたら、それで終わる。

「高瀬クレイリー!?」

「……分かっているよ」

そういえばと、ルールブックに書かれていた一文を思い出した。

この世界では魔法使いとは即《すなわ》ち、力を持つが信用のならない怪物なのだという。日向《ひなた》を覆って影に立ち、毒を飲み干し、呪いを導いて愛する。胡散臭いものの代表格。だから、もしも魔法使いならばそのような演技が望ましい。ティレイアが胡散臭い活躍でもしてみせろといったのは、そういう意味も含まれているのだろう。

今僕が興じているロールプレイングゲームとは、つまり演じる遊びという事だ。ルイナに付き合ってやるなら、僕も魔法使いとしての演技をしなくてはならなかった。

安心してほしい。十歳にして母から笑顔が胡散臭いと言われた男だ僕は。

こほんと喉を鳴らして、僕はやや気恥ずかしいものを覚えながらも、口を開いて言う。

「任せてくれティレイア。僕は魔法使いだ。竜の一匹、空飛び蜥蜴《とかげ》と変わらない」

「は、ぁ……ッ⁉　そ、そんな冗談を言っている暇がどこに⁉」

「静かに」

しかし、魔法を使う際の所作や呪文まで事細かに指定されているのは、拘《こだわ》りが強すぎないかルイナ。お前がこの世界に入れ込んでいるのはよく分かるが、それなら滅ぼしてやるな。

ティレイアは思わず唇を噤《つぐ》み、僕の方を見ていた。

ページをめくる音が頭蓋に響き、書かれている通りの呪文を声でなぞる。

「――我は『四書』を標《しるべ》に導く者。汝《なんじ》は王冠を抱き統《す》べる者。ならば汝、我が導きに従いて王国をここに示せ――」

指先が熱く感じる。僕にとって魔力操作のイメージとは、『熱』であるらしかった。火のような焼かれるような熱ではない。しかし全身を高揚させ、鳥肌を立たせるような質感。

スキル名を、指先でなぞる。僕の指は、はっきりと夜天竜ヴリガストがいる皇都を向いていた。

「──『偽りの王国』」

魔力が矢の如《ごと》くとなって世界に放たれる。幻視の中、それは紛れもない真実となって空を飛んだ。

魔導英雄クレイリーが操るのは、星を落とす魔法でも、人を生き返らせる奇跡でもない。何せ僕自身が演じるのだから、もっと卑劣なものが良い。捻《ひね》くれているわけではない。ただそうしなければ感情移入ができないというだけだ。偉大な人間を演じろと言われても、僕には荷が重すぎる。少しは僕の方に落ちてきてもらわねば。

──ダイス目は9。魔法は成功した。そうして僕の思惑もだ。

土煙が晴れる、ヴリガストが待ちかねたようにその顎を開き切り──同時に顔を歪《ゆが》めさせたのが遠目からでもはっきりと分かった。

「お、い……。馬鹿な……そんな……ッ」

ティレイアが驚愕《きょうがく》に声を漏らし、そのまま膝をついた。そこにあるのは、彼女すらも想定していなかった光景。

──皇都が、完全に滅びを迎えた姿だった。

居並ぶ壮麗な街並みに、美貌城と謳《うた》われた空中に浮かぶ居城は完全に砕け散っている。

人々の姿はなく、悲鳴も嗚咽《おえつ》の声も聞こえてこない。逃げ惑う者らも、泣きわめく子もいない。

それだけでも最低だ。だが、もっと最悪なのは、確かな実感として滅びがそこに横たわっている事。星辰の霊気は失われ、地脈から噴き上げる魔力も消え失《う》せた。ティレイアが、そしてヴリガストが幾度も見て来た国の終焉《しゅうえん》、『滅び』だ。

国家が滅びるというのは、ただ街並みが討ち崩れるだけではない。ただ国土が失われるのではない。

国家を司《つかさど》るものは三つ。国土と、技術と、そうして血統。歴史に連なる血統は、その国家が象徴する秘術の全てを受け継いでいる。その血統を含めた全てが失われた時、国家は本当の滅びを迎えるのだ。

土は死に絶え、光が満ちる事はなく、大地の覇権は人から魔に譲り渡される。

皇都の現状は、もはや最初のヴリガストの吐息で、その血統が不幸にも死した事を示していた。

「軟弱な！　しかして我が勝利を讃《たた》えよ！　人類種、もはや汝らに夜はないと知るが良い！」

ヴリガストが、高々と勝利を宣言する。

「――ォォ――オォオオオオ――ッ！」

咆哮《ほうこう》。それはブレスではなく、勝鬨《かちどき》だ。世界に自らが勝利を告げる為《ため》、人類種の滅びを喜ぶ為、そうして主神ルイナに捧《ささ》げる為。

ごう、と僕の頬を風が薙《な》ぐ。都市まではまだ随分と距離があるというのに、それでもヴリガストが軽く翼を広げただけでその風圧を感じる。現実世界には決して存在しない質量が、幻視の中では確かに生存していた。

それは脅威でありながらも、僕に奇妙な高揚を感じさせる。物語に没頭する時、人は誰でもこういった気分になるものだ。

ヴリガストはそのまま、翼を広げ咆哮をあげながら空を穿《うが》つ。もはやここは魔の手に堕《お》ちた。ならば用はないとでも言わんとするよう。人類の拠点は残り三つ。そちらの方がよほど重要というわけだ。

僕の中で竜と言えば財宝に目がなく、黄金に呪いをかけ、人々を弄ぶ存在なのだが。ルイナが設計したヴリガストは勤勉たる性格をしているらしい。

いいや、違うか。それが最も恐ろしいからこそ、そう設計したのだ。竜が人類に正面から敗北する事は、如何《いか》な物語の中でも少ない。日本神話でも八岐大蛇《やまたのおろち》は酒に酔った所を襲われて殺害されるが、竜は多くが油断を見せた瞬間に殺されるものだ。それが手を抜かない相手であれば、恐ろしい事この上ない。

　どうやって倒すんだあんなもの。

「とはいえ、ようやく行ってくれたか。危なかったな」

「……」

「おい、ティレイア」

　ティレイアはぼう、と十秒ほど心ここにあらずという様子だった。

　しかしようやく立ち上がると――そのまま腰元の剣を抜き去った。

「……おい、どうして剣を抜いた」

「…………」

「おい、無言で近づいてくるな⁉」

「貴様を殺しッ！　私も死ぬッ！」

「どういう事だそれは⁉」

　ティレイアが輝かしいばかりの銀で造られた騎士剣を引き抜く。

　失われた国家の残り香。騎士大国ローディアノが誇る魔剣精製技術が込められた大剣は、もはや彼女の手元にしか存在しない。その秘術が、惜しげもなく僕に注《つ》ぎ込まれんとしていた。

「何をしでかすかと思えば、よもや見殺しにするとはなぁッ!?」

「待て!?　話を聞け！」

「問答無用ッ！」

まさか問答無用をこうも正しい文脈で聞く事になるとは思わなかった。瞬《まばた》きする間もなく振り抜かれた大剣が、つぅっと血の痕を流して右頬を切り裂く。当然、僕のだ。

薄い痛みがある。指先でなぞれば血の熱さすら感じた。

ふと、違和感を覚える。しかし僕にはその感覚を注視する事は許されなかった。

ティレイア——否《いな》、暴走騎士がぐいと勢いよく大剣を振り上げていたからだ。

「我ら英雄が何故《なぜ》在るのか、忘れたとは言わせんぞッ！　人類を助け、国家を守護し、世界を鎮護する為に我らは在る。だからこそ我らは不死者たりえ、英雄たりえる。如何《いか》な理由があろうと、そこに疑義が挟まってはならない。その時、我らは何者でもなくなるからだッ！」

彼女の言葉には、一切の躊躇《ちゅうちょ》も乱れもなかった。心底からこそ自分を信じている者にしか出来ない言葉遣い。その刃も言葉に同調する様子で輝きを煌々《こうこう》と増していく。

「まして、何もせずに見捨てるなぞあってはならない。我らは人類の意思であり、希望なのだからな。反論はあるか。魔導英雄、高瀬《たかせ》クレイリーッ！」

「いや、あのなっ!?」

数歩後ずさった際に、バランスを崩して地面に転げる。お遊びの中だとしても、いいや

だからこそ平常心を失わせてしまう迫力が、ティレイアの相貌には宿っていた。

彼女は本気で、僕を害する気だ。僕は魔法使い、彼女は騎士。接近戦でどちらに優位が

あるかなど問うまでもない。

彼女が呼気で宙を揺らす。同時、銀色が豪速を伴って走った。

「だから、見てみろ！　皇都をだ！」

「……何？」

その言葉が少しでも遅ければ、僕は再びこのキャラクターをロストしていたかもしれな

い。何せ、大剣の刃は僕の眉間寸前まで到達し、前髪を数本奪い取っていた。

剣を僕の眼前に据えたまま、ティレイアは背後を振り向く。その瞬間にさえ、欠片《かけら》も僕

への意識が抜けていない。もしも僕が逃げ出そうとすれば、立ち上がる暇も与えず眉間を

貫く気なのだ。思わず、ごくりと唾を呑《の》んだ。

まるで本当に、命が危機に晒《さら》されているかのような臨場感。手先が痺《しび》れ、血脈が全身を

通っているのがはっきりと分かる。

数秒の、あと。ティレイアがゆっくりと大剣を地面に下ろしてから唇を跳ねさせた。

「何だ——あれは?」

彼女の視線の先には、皇都があった。

それは、夜天竜ヴリガストが見た廃墟《はいきょ》と化した皇都ではない。

——未《ま》だ燦然《さんぜん》とした文明の輝きを失わない、国家の中心地。星辰《せいしん》を司る秘術の発祥地にして天体を智《し》る者の聖地。

ミシュレ星辰皇国が、確かにそこにあったのだ。人々はざわめくように動き続け、歓声をあげる者もいれば未だ悲鳴をあげる者もいる。しかし確かな事は、彼らが生存している事実。

「言っただろう。魔法は成功だよ。君は早合点《はやがてん》する性格を直した方が良《い》いな」

「それは、どういう……ッ!」

そこまで言ってから、ティレイアは勘づいたように瞼《まぶた》を大きく開いた。くるりと振り向いて僕を見る。

「魔法による幻影か——? 都市全てを覆い、それもヴリガストだけでなく、周辺全ての瞳を眩《くら》ますほどのものを? 奴《やつ》が騙《だま》されなかったらどうする気だったのだ」

「一度に幾つも質問をしないでくれよ。その通り、幻影魔法。半ば賭けだったが、騙されてくれて良かった」

「取れる選択肢の中で、これが一番現実的だったんだよ。ヴリガストを僕らだけで倒すのは無理だろう」

とするなら、後は平身低頭して何もせずにお帰り頂くしかない。

『偽りの王国』は、スキルとしては世界に幻影を作り、敵を混乱に追い込むもの。だが、ただ混乱してもらうだけじゃあ今回は困る。しっかりと帰ってもらわないといけないんだから。

ルイナに交渉した結果、成功確率は35%。まだ分のある賭けに出来たとは思う。

「いずれは気づかれるだろうが、僕らは、ヴリガストを撤退させるという勝利条件を満たした。十分だとは思わないかい？」

勝利とは、何も敵を打ちのめすだけではない。今自分が持ちうる材料で、最良の結果を獲得する事。

その条件に当て嵌《は》めるならば、これは間違いなく勝利だ。

「…………貴様」

ティレイアがふるふると、指先を小刻みに震わせている。怒りを示す表現としてはチープな方だが、彼女がやると様になっている。彼女がどこまでも真っすぐな率直さと素直さを持ち合わせているからだろうか。

来るならこい。今度はこちらも万端で相手をしてやろう。すっと両手を構えて彼女から距離を取る。決して怯《おび》えているわけではない。

「――っ」

「うわ来るな、本当に来る奴があるか⁉」

しかし両手を伸ばして必死に臨戦態勢を取る僕を他所《よそ》に、ティレイアは僕へと飛び掛かりそのまま暴力を振るう――のではなく、抱き着いてきた。彼女が纏《まと》う軽装鎧《よろい》ががちりと肌に当たりやや痛い。鼻孔を華の香りが擽《くすぐ》った。

「ふ、ふふふふ！　ああ、十分だッ！　これでまだ手が打てる！　貴様は素晴らしい、本当に素晴らしい仕事をしたぞ高瀬クレイリーッ！」

「分かった！　分かったから離れろ⁉」

こうやって飛びつかれてみると、思った以上に彼女が小柄であると分かる。騎士剣を持つ彼女は周囲を圧する雰囲気を醸《かも》し出していたが、こうすればただの少女にすら見えてしまった。

こんな少女が英雄となって絶望の淵《ふち》に立たされているとは、本当に性格の悪い世界だ。ルイナらしいといえばらしい。

　ティレイアは一頻《ひとしき》り僕に飛びついたまま跳ねまわり、そうしてからようやく地面に足を着いた。

「っと。喜びを噛《か》みしめている暇はなかったな。妖精姫と鉄の舞曲の肉体を回収しなくては。ヴリガストもそう遠くなく事実に気づくだろう。時間はないぞ、浮かれるんじゃないッ！」

「いや浮かれていたのは君だろ⁉」

「ふふん、騎士たるもの、過去を顧みる事はしない。『常に今を直視せよ、其《そ》れが汝《なんじ》の誇りを守る』、騎士章典の一か条だ」

　滅んでしまえ、そんな騎士章典。

　しかしそう言いつつもティレイアは明らかに浮かれていたが、どこか自然体だ。先ほどまでの切羽詰まった様子より、こちらの方が彼女の素に近いかもしれない。

　だが、

「…………」

「おい、どうした高瀬クレイリー、早く行くぞッ！」

「ああ」

　しかし本当に、彼女の所作はリアルだ。まるで本当に生きているみたいに。

ふと、思わず指先を見る。握って、開く。普通は指先の一つくらいはぼけて見えるのに、今日はやけにくっきりと見えている。

不味《まず》いな。酷《ひど》く馬鹿な事を考えている。唾をごくりと飲み干し、顔を上げる。

＊

「——おい、高瀬クレイリーッ！」

「ッ！」

目の前に、ルイナがいた。

学生服に、切れ長の瞳。決して鎧は着ていないし、当然騎士剣だって持っていない。けれど僕の頭脳は一瞬、彼女をティレイアと誤認してしまったらしい。視界が明滅し、二人の姿が重なり合う。違うのは髪と瞳の色合いくらい。輪郭や瞳の造り、鼻梁《びりょう》の鋭さ、唇の象《かたど》りも変わらない。

途端に頬が熱くなった。唇の端を噛《か》む。

「何をぼーっとしているんだ。疲れたのか？」

「い、いやそういうわけじゃなくてだな」

同級生と全く変わらない容姿をした人間に抱き着かれたり、振り回されたりする幻視をしてしまったのか僕は。いいや振り回されているのは確かなのだが。むず痒《がゆ》い感触が奥歯の辺りにある。

このままもう一度ゲームを続けるのは駄目な気がして、思わず駒の一つを手にとる。騎士英雄ティレイアの駒だ。

「ええと、うん。何となく似てないか、ティレイアが。君に」

殆《ほとん》ど言いがかりに近かった。確かに女性である事ははっきり分かる造りだが、魔法使いの方と違ってティレイアの駒はさほどルイナに似ていなかったし、髪型も短髪だ。

しかし、ルイナはぱちりと長い睫《まつ》毛《げ》を跳ね上げた。ほぅ、と嘆息するように呼気を漏らす。唇を揺らして言葉を探すようにしながら、口を開いた。

「まぁ……そういう事もあるかも知れないな。ティレイアは小学生の頃、私が初めて作った英雄《キャラクター》なんだ。子供にはよくあるだろう、自分で作ったキャラクターのモデルが自分なんてのはな」

まさか僕の適当な誤魔化しがそのまま当たってしまうとは。

ルイナは微妙にしおらしい雰囲気を持ちながらティレイアの駒を僕の手から受け取る。しげしげと見つめながら細められた目が、彼女に相応《ふさわ》しくない感情に満ちている気がした。

そのまま無言になってしまったものだから、やけに気まずい。

「小学生の頃から、ゲームシナリオを作ってたのか？」

「いいや。ゲームという存在もろくに知らなかった。だが設定は私のここにあったんだよ」

言って、ルイナはこんこんと頭を叩《たた》く。

「寝る前とか、お風呂《ふろ》に入っている時、物語を妄想するくらいの事。愚昧なお前にもあるだろう高瀬《たかせ》」

「愚昧って単語必要だったか？」

「私は天才だが、それくらいの体験はあったものさ」

「無視か？」

「愚昧で蒙昧《もうまい》な高瀬なら精々自分が活躍する物語くらいだろうが。私のものは違った。もっと深い世界観があったものだ」

「付け加えるんじゃねぇ！」

まぁ、否定はしない。ゲームや漫画、小説、映画か何かに影響を受けてぼぉっとそういった物語を妄想するくらい僕にもあったさ。自由自在に活躍して、世界を救ったり女の子に言い寄られたりするやつだ。とはいっても所詮は一時の妄想。すぐに忘れてしまうし、朧気《おぼろげ》な記憶しかない。

けれどルイナは、妄想のままで留《とど》めさせる事をしなかったんだろう。妄想を現実化させ、実像として顕現させた。それがこのゲームの世界というわけか。そうなると、他の英雄達も元はルイナの妄想物語の登場人物なのかもしれない。

「しかし、その頃から世界を滅ぼしてたのかよ、性格悪いな」

「いいや」

ルイナは端的に言い切ってから、言葉を付け加えた。

「彼女は、いいや他の英雄達も。世界や自分の国を救ったよ。でもそれはプロローグ。今はエピローグなんだ、高瀬」

「はぁ？」

いまいち、意味が分からない。エピローグ、小説や演劇の最終部。しかしどう考えても物語は今から始まる状況なのだが。

気づけばルイナはテーブルの上に広げたマップはそのままに、駒やルールブックを片付け始めている。

「続きは明日にしよう。時間も時間だ。明日の放課後も必ず来い。この私が待っていてやるんだからな」

「……明日もやるのかよ」

「当然だ！　時間があくと熱が失われる！」

気づけば、時刻は午後八時。流石《さすが》に部活動の生徒たちも帰るよう促される時間だ。そういえば先ほどから、ルイナも僕をキャラクター名ではなく普通に高瀬と呼んでいたな。

僕は帰り道の途中までルイナと共にする。何時《いつ》もは別々に帰っていたので今日初めて知った事だが、彼女と僕の家はさほど離れていなかったらしい。

「高瀬」

「あん？」

「今日は悪くなかった。明日も死なないようにな」

「そんな別れの挨拶があるか⁉」

「お前がすぐ死ぬのだから仕方がなかろう」

「君の所為《せい》だ！」

けらけらと笑うルイナは手を軽く振って、分かれ道の先を行く。今日は機嫌が良《い》いようだ。悪い時は何時も眉間に皺《しわ》が寄っているからな。

「……高瀬クレイリーねぇ」

我ながら馬鹿っぽい名前だった。あの時はノリでつけてしまったが、もうちょっと練るべきだったか。

本当に仕方のない事だが、明日もルイナに付き合わねばならないのだ。今後あの世界でどう動くべきか、多少は考えておくとしよう。

宣言しておきたいのだが、決してちょっぴりでも楽しかったわけではない。決して。

【Name】 高瀬クレイリー

【Job】 魔導英雄

【Level】 20

【種族】 人間

HP：42　MP：131

筋力：3　器用：5　敏捷：3　精神：15

知力：17　信仰：2　幸運：10

【Skill】


『偽りの王国』

世界に幻影を作り出す虚術。効果時間、範囲は魔力量によって変動する。

"ノルギの王は魔術師に繁栄を授けられた。富も、名声も、美妃すらも幻影であると、王は死ぬまで知ることは無かった"

『虚偽の時計』

対象の時間感覚を惑わせる虚術。効果時間、範囲は魔力量によって変動する。

"時よ止まれ。恋人たちの願いを魔術師は叶えた。今もなお、彼らは止まったまま動かない"

『万物偽転』(伝承)
対象の肉体動作に干渉する虚術。効果時間、範囲は魔力量によって変動する。
使用回数はシナリオ中一回。
"俺じゃない、身体が勝手にやったんだ。魔術師は頷いた。もう二度と身体は動かない"

【Sub Skill】

『弁舌』Lv5
"世界は人々が回している。しかし人々を動かしているのはこの舌だ。"

『精神耐久』Lv2
"たとえ身体は脆くとも、心が丈夫ならば人は生きていける。"

『協調性』Lv0
"意志を貫き通す。聞こえは良いが、それは他人の意志と相いれない。"

第二章／我ら黄金の一団なり

現実ではないな、とそう直感していた。

それは数多くの幻視体験によるものでもあるし、目の前にあるのが現実では絶対にあり得ない光景だったからでもある。

恐らくは、森の中。陽光が殆ど通らないほどの鬱蒼《うっそう》とした様子だが、数多くの年月を重ねたのだろう偉大な巨木が神秘を感じさせる。木々を伐採する、もしくは管理する人の手が入っていない絶対の自然領域。かつては神秘に包まれていた精霊と神話の住む土地だ。信仰の始まりは、巨木や壮大な山に起因するものだったと聞くが、この森の偉大さは群を抜いていた。

僕はそこで一人でいた。陽光が入ってこないのに暗くはない。

魔法の光が照らしてくれていたからだ。長い杖《つえ》が視界の先に見える。高瀬クレイリーが持っていた杖だ。

勘弁してくれ。まさか僕は彼に自分を投影して、彼の夢を見てしまっているわけか？

そんなのは良い加減小学生で卒業したはずだ。これじゃあまるで僕がルイナとの遊びに多少の楽しみを見出《みいだ》してしまった凡愚のようではないか。

周囲には大量の青い鳥、紫の蝶《ちょう》がいる。その内、紫の蝶がぐるりぐるりと渦を描いた。どんどんと勢いが強くなっていく。

そうして一吹きの木枯らしを起こしたかと思うと、そこには紫色のドレスを着た女性が立っていた。

「魔導英雄、そなたの呼び声に応じ、妾《わらわ》が来てやったぞ」

「ありがとう、深き森の女主人ベル・ダーム。お前に出向いてもらわなきゃ話にならないんだ」

「構わん。そなたには妾も恩がある。して、用件は」

紫色の女性はやけに胸元が開きつつも、全身を覆い尽くす蝶のドレスを身に着けていた。顔つきは鋭利で、見る者全てを貫かんとする勢いがある。

しかし僕は彼女の出現に驚きはしなかった。夢の中だ、何でもある。僕が驚愕《きょうがく》を覚えていたのは、一瞬で彼女が人間ではないと理解してしまっていた事だ。偉大で、神々《こうごう》しく、隔絶した何か。

「智恵《ちえ》を貸してほしい。俺達の神が、俺達の世界を滅ぼそうとしている」

「魔の導き手たるそなたに、妾が智恵を貸せと？」

「そうだ。俺じゃ足りない。いいや他の英雄の誰でも駄目だ。俺達には自分の物語しかない。新しく始まる物語なんて、俺達は知らないんだからな」

「相変わらず、人を食ったような口ぶりだな」

流石は、夢。勝手に話が進んでいく。先ほどから僕は口を動かしていない。だというのに、すらすらと台詞《せりふ》が紡《つむ》がれていくのだ。

女性――ベル・ダームはくすりと口元を押さえながら笑みを浮かべる。それは実に温かい笑みなのに、彫刻のような美しさがむしろ冷たい印象を抱かせた。

「俺達の神は偉大だ。世界を創造し、種を創造し、英雄を創造して魔を鎮《しず》めさせた」

「英雄神話なぞ飽いたものであるぞ。そなたの最大の過《あやま》ちは話が回りくどい事だ。常、他者の思考を誘導しようとしているが故の癖だな。妾に通じると思うか？」

「分かった率直に言おう。俺達の神が、俺達の世界を滅ぼそうとしている理由がようやく分かった」

「ほう」

これは、夢だ。夢のはずだ。しかし本当に、僕の夢なのか？　余りにも僕の知識から遠い会話が先ほどから続いているような。

「──彼女には、自らが神たる自覚がない」

「ふむ、どういう意味だ？」

「暗喩じゃない。そのままの意味さ。創造神ルイナにとって、廃絶世界バリスノーンは手の平の上にある物語でしかない。その先に命の息吹《いぶき》がある事も、文明の輝きがある事も知らない」

「待て、待て」

創造神ルイナ。言うまでもなく、天羽《あまは》ルイナの事だろう。

僕の空想癖もここまでくると御立派だ。ルイナが神様で、自分の世界を創り上げた後、それをまんまと滅ぼそうとしている、なんて発想が出てくるとは。

今度直接話してやろうか。次からは、自らを神と名乗りだすかもしれない。いいや、そういえばもうやっていたな。

ぺらぺらと舌を回す僕に向けて、ベル・ダームが手を向ける。美しい頬にもう片方の手を置いて、困惑した様子を見せた。

「そんな、馬鹿な話があるか？　では大精の徒たる妾は誰に仕えている事になる？　天に通じる秘技の行方は？　究極を示す道筋の天啓《オラクル》は？」

「その問いに一つずつ答えていると時間が足りない。俺の言葉を疑うなベル・ダーム。俺達の世界は、余暇に描かれた世界でしかない。それだけが真実だ。そうして恐ろしい事に、彼女はこの世界に決着をつけようとしている。——英雄の敗北、廃絶という形で」

「意味がない！　ここまで創り上げておきながら！　どういう理由で！」

ベル・ダームが初めて強い感情を見せた。彼女の美しい輪郭が僅かに歪《ゆが》み、その激昂《げっこう》に応ずるように森の木々が揺れ動き波を打つ。まるで森全てが、僕の敵に回ってしまったかのようだった。

水晶のように美しい瞳が、じぃとこちらを見つめる。

しかし、相変わらず僕の身体《からだ》を動かしている奴《やつ》は冷静だ。

「意味など知らない。魔導英雄が知れるのは、ただの事実でしかない。僕の役割《ロール》とはそれだ。だから、言っただろうベル・ダーム」

一拍を置いてから、口が勝手に動く。

「智恵を貸してほしい。この世界を、創造神から救うために」

＊

夢はそこまでだった。

最初に思った事は一つ。

人生最大の汚点を胸に刻んでしまった。

梅雨の合間、時折差し込む晴れ間に晒《さら》されながら僕は学校への道を歩いた。昨晩降った雨の所為で湿気が酷《ひど》く、久しぶりで嬉《うれ》しいはずの日光が鬱陶しいだけの代物へと化している。

そりゃあ確かに、のめり込んだ本やドラマに対して、描かれている箇所以外の場面を想像してしまう事はよくある。特に、僕は体質的にそうなりやすい。授業中は意識的にそうしてつまらない授業から意識を逸《そ》らしたものだ。根っからの現実逃避体質と呼んでくれても良い。

しかし。高々数時間ほど体験しただけのルイナのゲームに、夢を見るほど入れ込んでしまっていたとは。僕自身全くそんな気はなかっただけに、変な悔しさが眉間の辺りに滲《し》み出てくる。

不意に、背中が軽く叩《たた》かれた。

「友人。やけに不機嫌そうな顔をしているねぇ」

「……よりによって有栖川《ありすがわ》か」

「よりによってとは酷いね。俺はこれでも優等生で通っているんだ。素行不良はないと自認しているよ」

背を叩いた正体は、高校に入って間もない頃に出来た友人、有栖川だった。すらりとした立ち姿に優し気な目つき。整った顔つきから零《こぼ》れ出る笑みや、通りかかった生徒に気さくに手を振っている姿は素晴らしく優等生的だ。

しかし、ルイナよろしくこいつも決して見た目通りの人間じゃあない。

「ハハハ、きっと『お嬢様』絡《がら》みだろう。面倒見がいいのも考えものだぞ」

有栖川がお嬢様、と呼ぶのはルイナの事である。彼女は黙って立ち居振る舞いを正していれば、まさしくどこぞのお嬢様の如《ごと》し。立てば芍薬《しゃくやく》座れば牡丹《ぼたん》歩く姿は百合《ゆり》の花。が。現実は常に残酷である。ルイナのその奇行ぶりからすれば、立てば暴風座れば暴君歩く姿は暴走機関車ときたものだ。

有栖川は爽やかな笑みを浮かべながら言った。

「良いかい友人、お嬢様を相手にするなら、彼女を十分に満足させないといけない。俺も女性を相手どる時は、常にその事ばかり考えているよ」

「君、よくそんな有様《ありさま》で優等生とか言えたな」

「知らないのかい。優等生というのは、素行と成績さえ優秀なら良い。だから別に中身が伴ってなくてもいいのさ！」

「伴わせる努力をしろよ」

「必要ならね。けど、友人は俺が何を言っても言いふらしたりしないだろう？　信頼だよ、信頼」

大きな黒目を近づけて、有栖川は僕に近づいてきた。何故《なぜ》かは知らないが彼は人との距離が近い。その所為《せい》で、やけに周囲から注目を浴びる。

「友人。お嬢様みたいな子はね、案外手を引かれるのを待ってるものだ。ちゃんと友人がリードしてあげないとな」

「冗談だろ。走る暴走機関車だぞあいつは。ゲームの中だって好き放題やりたい放題だ」

「へぇ」

有栖川は唇を軽薄に動かした。

「けど、責任は取らないとな」

「ルイナも君も本当に話が通じないな、よく分かった。鏡と会話しておいてくれ」

「そう言わないでくれよ。友人と俺の仲だろう」

「やめろ。無暗《むやみ》に近づくな。君らが妙に気安い時は怖い。ルイナだってそういう時に僕を一瞬で殺したんだ」

「——馬鹿め。それはお前の運が最底辺に位置するだけだ。自分の責任をそうも転嫁《てんか》しようとするとは、昨今の若者はこれだから困る！」

うわ出た。

僕ははっきりと眉間に皺《しわ》を寄せながら後ろを振り向いて、口角をわざと下げた。

「君も昨今の若者だろうが。何だ、年上だったのか？　それは悪かったな。今度から敬語使った方が良《い》いか？」

「ああそうだな。目上の者には敬語を使うべきだ。何せ、お前は私より誕生日が後だからな」

「おや、お嬢様」

ルイナが首をふらりと有栖川へ傾ける。目つきの険しさが威嚇を彷彿《ほうふつ》とさせるが、小柄な彼女がそれをするのはどこか小動物らしい愛らしさを感じさせた。

無論、小動物と言えど象でも食い殺してしまう狂暴な類だが。天敵が存在しないと言われるラーテル辺りだろうか。

「……高瀬《たかせ》。朝から無駄な歓談をしながら歩いてくるくらいだ。もう素晴らしい攻略法を思いついているんだろうな？」

「おやおや、無駄じゃないよ。ほら、お互い楽しく思ってるのなら、それだけで有意義だろう。なぁ、友人？」

　言って、有栖川は僕の肩を組んでくる。ルイナの鋭い視線が僕の首に向けられる。それからくいと顎を動かして彼女は言った。後で殺す、の意だ。

「……付き合う人間は選んだ方がいいぞ、高瀬。せめて言葉が通じる相手にしておけ」

　君がそれを言うのか。

　悪いが、本当の意味で社会的にまともな人間だけを選んで付き合うようになったら有栖川だけではなく、ルイナとも疎遠になるのは間違いがない。

「良いか、今日は放課後になったらすぐに部室まで来るように。遅刻は許さないからな」

「そもそもウチの部活に定時なんてあったたか？」

「私が作った。必ず遅刻せずくるように！」

　ルイナは僕に無駄な絡みをしたと思えば、あっさりと前に出てそのぴんっと伸びた背筋を見せつけながら先に行ってしまった。その間にも、やけに有栖川を意識していたのが気になる。

「ふぅん」

　有栖川は、ぽつりと呟《つぶや》いてから言った。

「上機嫌みたいだね、彼女」

「……上機嫌？　あれがか？」

「分からないか？　案外、彼女は自分に自信がないタイプだ。だからついつい強がってる。友人が隣にいる時は、機嫌良さそうにしてるけどね」

ルイナが上機嫌になるのは、ゲームの中で国一つを無惨《むざん》に滅ぼした時くらいだ。

別に僕は、それが悪いとは思わないが。だって誰にだって、人に言えない暗い悦《よろこ》びくらいあるもんだ。人の秘密を赤裸々に語る週刊誌がしっかりと売上を見せている時点でそんなの否定しようがない。人間は何時《いつ》の時代だって他人の不幸が好きだ。

彼女はちょっと、いいや大いに、それがあけっぴろげというだけで。

授業中を含め、何度かルイナの様子を確認してみたが。やはり何時もと大して変わった様子はなかった。相変わらず授業中だというのに堂々とルールブックを開いている。それなのに授業内容については適切に受け答えするのだから性格が悪い。

ただ学校側からすれば腫れ物認定をされているのか、その態度に注意をしてくる教師はいない。本分たる学業が疎《おろそ》かになっていないのなら、口出しはしないスタンスなのだろう。

放課後。一応約束通りに教室から部室へと直行した。もはや部室というよりは、本が置かれているだけのルイナの私室へと成り果てつつあるが。

「残念だ。五分は遅刻だな」

「その設定まだ生きてたのか？」

同じ教室にいるはずなのに颯爽《さっそう》と教室を飛び出して僕より先に到着していたルイナが腕組みをしながら言うので、鞄《かばん》を置きながら続けた。

「これだけ早く来たんだから、すぐに殺すとかは止《や》めてくれよ」

「安心しろ高瀬。お前がペテン師のように口を回せればそう簡単に死にはしない。何時もやってる事だろう！」

「そんな覚えはないわ！」

「分かった言い直そう。詐欺師め！　昨日も私を言いくるめて魔法の効果を広げただろうに」

誰が詐欺師だ。時折、理屈っぽいという不名誉な称号を与えられる事はあるが、そこまで堕《お》ちた覚えはない。昨日のはあくまで説得だ。

席につきながら、すでにフィールドが広げられたテーブルを見る。

騎士英雄ティレイアと魔導英雄高瀬クレイリーの駒は、ミシュレ星辰《せいしん》皇国の中心地、宮殿らしき所に置かれている。

しかし本当に、細部まで書き込まれたマップだことで。さらりと見るだけでその情景が浮かんできそうだ。

「では、始めるぞ。早く席につけ、まさか鈍重の二つ名まで与えられたいわけではなかろう？」

「むしろ今はどんな二つ名があるんだよ」

「変人」

「君にだけは言われたくなかった」

ルイナの目が細まる。手製の重厚なルールブックを片手に、もう世界観に入り込んでいる証拠だ。梅雨時だからだろうか、また雨が降り始めていた。

ルイナが口を開いた。

「——貴方《あなた》と騎士英雄は、ほんの僅かな束《つか》の間の勝利を手に入れたに過ぎない。それは処刑台に並ぶ、哀れな受刑者の最後尾に回っただけの事。誰一人、貴方達を讃《たた》えはしない。もはや貴方達は、英雄たる資格を有しない。それでも抗《あらが》うというのなら、貴方の物語の開始を宣言しなさい」

ルイナからダイスが二つ握らされた。

僕としては初めての事だが、どうやら二回目以降も最初に必ずダイスロールをするらしい。それに何の意味があるかは分からないが。

指先からダイスを離す。出目は——92。

流石《さすが》。非常によろしくない数値だ。もっと平凡な、安心できる数値が出てほしい。

「では魔導英雄、高瀬クレイリー。あの後、貴方は宮殿へと足を向けた――」

今日も、物語が始まる。幻視と思《おぼ》しきものが、見え始めていた。世界がモノクロになり、カラフルになり、そうして二度瞬《まばた》きした瞬間に――。

＊

「高瀬クレイリー、準備はいいか」

――騎士英雄ティレイアが碧眼《へきがん》を大きくして、目の前に立っていた。

「うん？　何のだ」

本当に何のだ。僕はルイナから宮殿に向かった事は伝えられたが、それ以上は何も聞いてないぞ。

そこからティレイアの動きは素早かった。そっと僕の後ろに立ったかと思えば、小柄な体でこちらの首をしっかりとホールドして腋《わき》に抱え込む。

「絞まる！　落ちる！　正気か君は⁉」

「正気かとは私の台詞《せりふ》だあほぅ⁉　貴様今の今まで何を聞いていたんだ⁉」

「何も聞いてないが⁉」

待て。本当に意識が落ちる。物語が始まった直後に昏睡《こんすい》する事になる。まさかこれが出目92の落ちじゃないだろうな。

ティレイアはふるふると唇の端を震えさせ、僕の頭を抱えたまま言った。

「い、良いか。もう一度、もう一度だけ言うぞ。よく聞けよ高瀬クレイリーッ」

「分かった。だからせめて首から腕を放してくれ」

あ。余計に力が強くなった。放す気ないなこいつ。

「皇都から夜天竜ヴリガストは退いた。今はいわば小康状態だ。そこで……星辰皇女たるエーデルハイト様の謁見を兼ね、未《ま》だ皇国に残っている高位貴族達と顔合わせをする事になった。その為《ため》の場を用意してもらっている。機会はどうあれ栄誉な事だ、星辰皇国の姫君と高位貴族が共に立ち並ぶ事自体稀《まれ》だからな」

ふと見てみれば、ティレイアも蒼色《あおいろ》を基調にしたドレスを身に纏《まと》っていた。やけに触れ合う感触が柔らかいと思っていれば、鎧《よろい》ではなかったからか。

「特に、皇女エーデルハイト様と顔合わせが出来るのは大きい。彼女はミシュレ星辰皇国に残された、唯一の大魔法継承者。もはやこの世で星辰を操れるのは彼女しかいない。そう易々《やすやす》と切れる札ではないが、選択肢の一つに出来るならこれ以上のものはない」

大魔法。この世界において各国は、あらゆる魔法や武技の担《にな》い手になるのと同時、その神髄をも手中にしている。その現れとして大魔法や奥義《おうぎ》といった、奥の手を持つものだ、とルールブックに記載されていたが、それの事だろうか。とはいえ、今まで滅んできた国家だって当然もっていたはずだから、何処《どこ》まで期待していいものかは分からないが。

ティレイアの言葉を聞きながら、周囲を見渡す。

夜天竜を撃退した時の丘ではない。壮大な彫刻が施された柱が幾つも立ち並び、天井はそれこそ空に届いてしまうのではないかと錯覚するほどに遠かった。驚くべきはここは居室でもなんでもなく、恐らくは宮殿の一角たる廊下に過ぎないという所か。足元の絨毯《じゅうたん》はくるぶしまで埋まってしまいそうな柔らかさだ。

廊下一つですら、学校の廊下と比較にならないほどの広大さ。だというのに細部に至るまで贅《ぜい》と趣向をちりばめた絵画や彫刻と装飾がその身を鎮座させている。

宮殿というより、もはや神殿。

そうして窓から外を見てみれば、そこには異様な光景が横たわっていた。

雲がすぐ傍《そば》に見える。即《すなわ》ち、この宮殿が空中に座する空中居城である事を意味する。星辰皇国の宮殿は、星々とより近くに座するように、空高くに位置しているのだ。それこそ、莫大《ばくだい》な魔力を注《つ》ぎ込んでいるのだろう。

僕は背筋に少しおかしな寒気と、静かな吐き気を覚えていた。

僕の幻視は、僕の想像力の範疇《はんちゅう》でなくてはならない。しかしそれにしては、この宮殿は壮大過ぎる。いいや、覚えてはいないだけでこれらの光景を何処かで見た事があったのだろうか。

それとも――。

「――そのため、二人の英雄も治療中というわけだ。流石に分かったか、高瀬《たかせ》クレイリー」

「あ、悪い。聞いてなかった」

「耳がいらないのなら今から斬ってやろうか。遠慮するな?」

「分かった、今回ばかりは僕が悪かった!」

きゅ、っとティレイアが僕の耳に指をかける。宮殿内で剣を持っていないのだろう。こいつ、引きちぎる気だ。割と真面目に。

両手を上げて降参を意味すると、ようやく溜飲《りゅういん》を下げてくれたのかティレイアの腕が首から離れる。よくよく見てみれば僕自身の格好も、比較的綺麗《きれい》なローブになっていた。後やけに大きな杖《つえ》はそのまま持たせてもらっている所を見るに、装飾品と同じ扱いなのだろうか。

「良《い》いか! 決して失礼な事をするな! いや貴様は口を開くな! 口を開くと何をする

か分からんかららな魔法使いという奴《やっ》はッ！」

ティレイアが眦《まなじり》をつり上げながら僕を先導する。

酷《ひど》い言われようだ。しかし実際、貴人との対応の仕方なんて僕が知るはずもない。やけにリアル志向のルイナの事だ、下手に口を出せばその場で首を斬られてもおかしくはない。何もしない事が最善、という事態は人生何時だってあるものだ。

それに現在は一切の過言なく国家存亡の危機。会議にしたって相当荒れたものになるだろう。僕が口出しして良い方に動く気がしない。

「よし、僕は空気として扱ってくれティレイア」

「その心意気や良し。行くぞ高瀬クレイリー」

どうやらティレイアの方も僕の扱い方を分かってきたらしい。呼応して頷《うなず》きながら、黄金と真鍮《しんちゅう》で彩《いろど》られた重厚な扉をぎぃ、と押し開く。どうやら向こう側に扉を引いてくれる使用人がいたらしく、軽く押せばそのままあっさりと開いた。

そこでは、眉間に皺《しわ》を寄せた老人や姫君が喧々囂々《けんけんごうごう》とした会議を――。

「ようこそいらっしゃいました。騎士英雄ティレイア様、魔導英雄高瀬クレイリー様。さささやかながら、祝勝パーティをお楽しみください」

使用人が、扉を開くと同時そう言った。

あれ？　想像と違うな。声がやけに軽い。それに何だ祝勝パーティって。

その疑問はすぐに氷解した。

「んん――？」

「約束通り何も言うなよ、貴様」

ティレイアが釘《くぎ》を刺すように、言う。口を閉じたと同時、反射的に瞼《まぶた》が二度瞬《しばた》いた。

目の前に見えてきた光景は決して沈痛で重苦しい雰囲気の中、開かれている会議ではない。使用人が言ったような、明るくむしろ陽気さすら垣間《かいま》見《み》えるようなパーティ。

色とりどりの衣服を身にまとった貴婦人たちは笑顔を見せているし、一目に質の良さが分かる生地を身に着けた紳士は優雅にダンスを踊っている。

会場は廊下より更に広く、数え切れないほどのテーブル、その上には豪勢な料理が並べられていた。誰もがその間を行き交い、時に歓談を、時に飲み食いを、時にダンスを楽しんでいる。

誰の表情にも苦悩は見えず、この世の悦楽を楽しみきっているという風と言っても良い。

「おお、英雄方！　ようこそお出《い》で下さった！」

彼彼女らはまるで自分の楽しみ以外には興味はないという様子だったが、ティレイアと僕が会場に入ってくると一斉に視線がこちらに集まってくる。

うげ。こういうのは駄目だ。咄嗟《とっさ》にティレイアに視線をパスする。

僕とは違い、ティレイアは慣れ切った様子でスカートの両端を摑《つか》んで頭を下げる。先ほどまでの快活さは表情からあっさりと零《こぼ》れ落ち、凛々《りり》しい気品が張り付いている。

「お招き頂き、光栄です。黄金連盟の名代として、騎士英雄ティレイア、魔導英雄高瀬クレイリー、参りました」

左腕にある刻印を見せながら、ティレイアが言う。どうやらそれが、黄金連盟とやらの名刺代わりになっているらしい。

「そこまでかしこまられる事もありますまい。どうぞ、星辰《せいしん》皇女殿下にお目通りを！」

ティレイアに応対したのは、立ち居振る舞いこそは毅然《きぜん》としたものだったが、まだ年若い青年だった。赤の混じった茶髪に、酒に酔っているからだろうかやや声が上ずっている。会場の視線は僕らだけではなく彼にも突き刺さっており、相応の人物なのだと窺《うかが》える。

「星辰皇国、三大貴族ホールドグレイ家の……『現当主』パスカル様だ。覚えておけ」

ティレイアが、小声でそう言いながら笑顔で彼に受け答えをする。

はぁ。この国の大貴族の当主は大分若いんだな。そういう習慣なのか。ルイナの事だから、見栄《みば》えの為だけに若くしたって事はないだろうが。

パスカルとやらに案内されるまま会場の最奥《さいおう》に導かれると、そこには二段ほど周囲から高くした玉座が用意されていた。

席は三つ。しかし座っている人間は一人。

恐らくは彼女こそが、この国の皇女。

「皇女殿下、英雄方にお目通りの許可を」

パスカルが先導し、口を開いた。眼《め》を軽く細める。

皇女。即ち、王侯の類。はて、余りに関わりがない属性すぎて、どんな人物か想像がつかない。ティレイアのように気が強いタイプだろうか。いいや、フィクションの常道としては、弱々しい性格も多い気がする。この貴族の傀儡《かいらい》になっているとかな。

そんなくだらない予想を立ててから、玉座に座する彼女を見た。

「ええ、良くってよ」

エーデルハイトは、一言で言えば白磁のような美しさを持つ少女だった。

炯々《けいけい》と開いた両の眼は琥珀《こはく》色。顔立ちは緩やかな気配がまるでなく、しかしティレイアのような鋭い様子でもない。流れるような白髪を欠片《かけら》の乱れもなく率いながら有る姿は、まさしく流星を彷彿《ほうふつ》とさせる。

「英雄たる貴方《あなた》達をお呼び出来て光栄だわ。存分に、楽しんで頂戴」

いまいち、想像していたのとは違うな。ややテンションが低いのが気になるくらいで、ルイナが創作したとは思えないほどまともに見える。

しかしそう、一つ気になる事と言えば。

——何故《なぜ》、髪型が縦ロール。

気になって仕方がない。いや、創作物の中ではよく見たものだが。幻視とはいえ目の前にいると縦ロールの圧迫感は中々のものだ。

「拝謁の栄誉を賜り、光栄の至りです皇女殿下。この催しこそ、星辰皇国の繁栄の証《あかし》となるでしょう」

嘘《うそ》だろ君。この縦ロールを前にして通常営業かよ。

ティレイアが片膝をついてエーデルハイトにすらすらと口上を述べたので、僕も彼女に続いて膝をつく。しかし慣れているな本当。もしかして良い家の出身なのかティレイアは。

聞いてないぞ裏切り者め。

エーデルハイトが、ティレイアの礼を受けて綻ぶ様な笑みを浮かべた。

「久しいわね、ティレイア。またお会いできて嬉《うれ》しいわ。良くってよ。星の導きが私と貴方を会わせてくれたみたいね」

「とんでもないことです。殿下がお望みであれば、何時でも参上いたしましょう」

「……ありがとう。必要なものがあれば、何でも言いなさい。後ろの貴方は、初めましてよね」

後ろの貴方。

そう言われて、誰も反応しないまま十秒ほど経《た》った。

あれもしかして僕かこれ。ティレイアが僕にだけ見えるように振り返り、ものすごい形相で睨《にら》みつけてきている。早くしろと言わんばかりだ。こいつまだ会って二日目なのに早くも僕の保護者気取りか。

よし、僕が悪かったから耳を引きちぎるジェスチャーはやめろ。

「はい。高瀬クレイリーと申します。殿下」

「良くってよ、聞いているわ。凄《すご》い魔法使いなんでしょう。あの竜を追い払ってくれたのは貴方だって」

「はぁ、まぁ一応はそうですね」

騙《だま》しただけのあれを、追い払ったと言って良いものか。そう思って答えが曖昧になってしまったのだが、ティレイアはお気に召さなかったのか今度は二つの耳を引きちぎるジェスチャーを見せてきた。

お前もしかして耳ちぎり国の出身なのか?

「今日は、言わば貴方の為《ため》のパーティよ。もし気になる事があったら言っていいし、聞きたい事があるのなら聞いて構わないわ。ええ、良くってよ」

反面、エーデルハイトは寛容だった。僕の曖昧な受け答えにも笑顔で返すのみだ。

良い人だ。縦ロールは凄いが。

さてしかし、ゲーム慣れしている僕は感づいた。

――聞きたい事があるのなら聞いて構わないわ。

これは情報収集をここで済ませておけという合図に違いあるまい。皇女に直接聞くというのは少々違和感もあるが、ゲームマスターであるルイナからの合図と僕は読み取った。

「では、畏れながら」

ぎょっとした瞳でティレイアが振り返ってきた。任せろ、僕でもこれくらいの敬語は使える。

「ええ、何かしら。良くってよ」

「この国には、後どれくらいの兵が残っているので？」

「――え？」

エーデルハイトの反応は鈍かった。僅かに小首を傾《かし》げるのみで、いまいち情報が返ってくる様子は見えない。という事はここで得られる情報ではなかったらしい。

「いやぁ、助かりました。僕はこの国に来たばかりで何も知りませんでして。これからの為に、少しでも情報を得ておきたい」

「ッ――！　ちょ、っと待てッ！」

ティレイアが、思わず声をあげた。傍《そば》で控えていたパスカルも、体勢を変えて口を開きかけている。周囲の視線が知らない間に僕に突き刺さっていた。

「良くってよ」

しかしそれらを手の動き一つで制して、エーデルハイトが言う。

「兵はいないわ。先の夜天竜の襲撃で、騎士部隊は壊滅状態。この空中居城を守護する近《この》衛《え》が少しいるくらいかしら」

「お待ち、お待ちください殿下。説明が必要であれば、こちらから致します」

「あら、ホールドグレイ卿《きょう》。私は良くってよ、誰から言ったとして、変わるものでもないでしょうに」

「そういう問題ではございません！」

間に入ってきたのはパスカルだった。優男風の風貌や、酒に酔ったような様子が吹き飛び、険しい目線をこちらに向けている。

「貴殿は、こういった場は初めてかな？」

「ええ、実質的には」

「通りで、作法を知らぬわけだ。ティレイア殿、彼は何時《いつ》もこうなのか？」

「……申し訳ない。私も、顔を合わせたのは昨日が初めてでして。しかし魔法使いとは浮世離れしたものですので」

ティレイアは膝をついた姿勢から立ち上がり、ため息を漏らしながら言った。

「では魔法使い殿。私から説明をさせて頂こう。このような祝いの場で、血なまぐさい戦場の話をするのは礼儀に反しているものだ。如何《いか》に貴殿が優れた魔法使いでも、国家の作法は守るべきではないかね？」

パスカルが先ほどの若々しい顔つきに、何処《どこ》か重いものを含ませて言った。周囲も彼の言動に何か反発する所はない、むしろ同意を示す者ばかりだ。

まぁ理屈は分からないでもないが。流石《さすが》に楽観的すぎないだろうか。

「お言葉ですがパスカル卿」

「おい、貴様ッ⁉」

ティレイア。耳を引きちぎるジェスチャーをしながら人を呼ぶのは止《や》めろ。

「僕がやったのは、奴を欺いて一時的に撤退させただけ。夜天竜ヴリガストが底抜けの間抜けじゃあないなら、すぐに事実に気づいてもう一度ここに来ますよ。今度は手下も引き連れてね。同じ手はもう二度と通じない」

ボスにあんな詐術が通用するような真似《まね》、絶対にルイナが二度も許すはずがない。あれは一度きりの手札だった。

「もう一度ヴリガストが戻ってきたら、もう僕にも打つ手がない。だからいち早く次の手を打っておきたい。さほど不思議な話ではないでしょう?」

ルイナなら祝勝パーティの最中に襲撃を起こすことくらい余裕でやってきそうだ。

この国が滅ぶだけなら良《い》いが、僕が道連れにされるのは勘弁してほしい。

「……魔法使い殿。いいや、高瀬《たかせ》クレイリーといったか」

「クレイリーの方がいいかな」

本当にこの名前をつけたのは後悔している。改名相談所とかないかな。

しかし僕の呑気《のんき》な懊悩《おうのう》を他所《よそ》に、パスカルは苦渋をにじませた表情をしていた。

何だ。手に持ったワインが苦かったわけではあるまい。

「ではクレイリー。そもそも貴殿は……この大陸の状況は分かっているのかな。滅んだ国家の事は?」

「ああ、三十八個滅んだとは聞いてますね。残り四つを滅ぼすわけにはいかないと」

この時点で、視線の端でティレイアが頭を抱えたのが見えていた。

さっきから何だ、とそう言おうとした瞬間だ。

どん、っとテーブルの一つをパスカルが拳で叩《たた》きつけたのが見えた。彼が手に持っていたワイングラスが粉々に砕け散っていき、ワインと同時に血が滴《したた》っていた。

流石に目を丸くして、瞼《まぶた》を瞬《しばたた》かせる。

「簡単に語ってくれるなッ！　三十八！　三十八だと⁉　幾らでも復活出来る貴殿らには分からんだろうな！　そこに何万、何十万の同胞がいたと思う⁉　この国とて同様だ。私の父母も、兄弟も……国王陛下、王妃殿下とてだ……っ」

ああ、とそこまで聞いて合点《がてん》がいった。どうして三つも設置されている椅子の内、エーデルハイト一人しか座っていないのかと思っていたが。もうすでに座るべき人間はいなくなっていたからか。

パスカルがやけに若い『現当主』であるのも、本来当主たる人間が、悉《ことごと》く消えてしまったからだと。

「次の手が打てるなら、もう打っているとも！　だが、もう……駄目だっただけの話だッ！　兵⁉　今まで幾度も魔軍を相手に注《つ》ぎ込み、その度に両手で数えられるほどしか帰っては来なかった！　貴殿の言う通り、次には大勢の魔軍を引き連れてくるだろう。ヴリガストは二万を超える不死の軍勢を有しているのだから！　だが私には、私達に手はもう打てない。貴殿らに、英雄に頼るしかなかった……！」

だが――希望の象徴たる英雄も三十八度敗北を積み重ねた。

祝勝パーティなど、この国の人間は余りに危機感がなさすぎる。楽天的だと思えたがそういう事か。彼らは決して危機感がないのではなかった。

ただ絶望しているだけだ。

勇士は抗《あらが》い、知恵者は策を練り、王すらも戦場を駆けた。人類は決して無抵抗ではなかった。彼らは創造神ルイナと、彼女が率いる魔の軍勢に渾身《こんしん》の限り抗い続けた。


――これこそが、愛と夢に満ちた人類の希望の戦いだと信じて。

――そうして、その悉くを打ち砕かれた。


だから、一時の夜天竜の撤退すら喜びにせざるを得なかった。この国だけでなく、人類全体がこんな有様《ありさま》なんだろう。彼らは絶望と無力感を嫌になるほど学習させられてしまっている。

それはまぁ、そんな中に事情を知らない人間が出てきて、兵がどうとか言ってきたらキレるだろうな。

ルイナめ。本当に性格が悪いぞあいつ。変に人間の心情を作り込みやがって。

「もはや、私達は手詰まりだ。それで尚《なお》、貴殿は私達に協力をと言うのか？　私達に、何が出来ると？」

パスカルの声は、少しばかり震えていた。

だが、僕如《ごと》きがその震えから彼の感情を読み取るのは烏滸《おこ》がましい気すらする。

なので、何一つをくみ取らずに口を開いた。

昔から思っている事だ。

人が人の心をくみ取ろうなんて、傲慢にもほどがある。

「そうだ」

彼の拳が慄《おのの》いていたのは見えていた。今にも摑《つか》みかからんばかりなのも知っていた。

けれど、僕の主義主張として一つ。

言うべきことは、言わねばならない。どうせ何時か言う事になるんだ。なら今言うべきだろう。たとえ物語の中であったとして、相手が架空の存在であったとしても、それは決して変わるものじゃあない。それこそが敬意だ。

ああくそ。こういう所が、ルイナと並べて変人扱いされる所以《ゆえん》なんだ。

「どれほど手痛い敗北を重ねても、どれほど苦しい絶望を味わっても、それで立ち止まったなら相手の思い通り。滅びの筋書は出来ている、奴《やつ》はそう言っていたが――」

僕の幻視も、大したものだと思った。

頬に熱い感触がある、拳が頬骨を揺らした実感がしっかりとあった。一瞬遅れて、熱さが痛みに変換されていく。

全く。こんな所にまでリアリティを求めなくていいだろうに。

僕の左頬を、パスカルの震える拳が強《したた》かに打ち付けていた。軽く打ちのめされ、地面に脚をつく。本当は痛くないはずなんだが、やけに呼吸が荒れた。

「――破られなかった筋書はない。たとえ世界が敵に回っても、僕は必ず勝利し、全てを手に入れる」

パスカルの拳は血に染まっていた。僕の血ではない。彼が先ほどワイングラスの破片で切ったものだ。彼は肩で呼吸をしながら、僕と視線を合わせないまま言った。

「……すまない。だが今、冷静に会話できる気もしない。別に、人を遣わせる」

言って、彼は踵《きびす》を返して会場に背を向けた。周囲の参加者や、敢《あ》えて言うならばエーデルハイトからすら、完全に彼を非難する色合いは見えなかった。僕の言動もあるのだろうが、英雄は三十八度の敗北という負債を積み重ねてきたわけだからな。よほどの嫌われ者なのだろう。

それに、もう一つ。要因があるらしかった。頭の中に、それが響く。

『皇国諸侯の説得成功率は40。貴様の信頼度を測るダイス結果――92では、説得は不可能だ』

最初のダイスロール結果がここにきたわけだ。ルイナめ、裏で成功率を設定するダイスも振ってやがったな。やられた。まぁ、拳一つで済まされるのならマシか。

冷ややかな視線を周囲から受けながら、いつの間にか傍へと寄って来たティレイアに、手を取られる。

「折角の祝いの場に申し訳ありません、皇女殿下。正式なお詫《わ》びはまた、本日はこれで失礼いたします」

「いいえ。こちらこそ、申し訳ないわティレイア。ホールドグレイ卿は――」

「はい。承知しております」

では、と礼式を取りながら、ティレイアは強引に僕の手を引いた。勢いが良すぎて痛い。

会場からは、こちらを非難するような、恨みを注ぐ様な氷の視線が、最後まで僕に与えられていた。

「……すまない」

会場から出た途端、ティレイアは背中越しにそう言った。一瞬、誰に向けたものか分からず困惑した。

言ってはなんだが、僕が彼女に謝らされるならともかく。彼女が僕に謝る事があっただろうか？

「ホールドグレイ卿《きょう》が貴様に殴りかかる事は、私には分かっていた。そうして、私なら止められた。だが、止めなかった」

「ああ」

そういう話か。そりゃあ僕と違い前衛の英雄で、彼とあれだけ近くにいたんだ。ティレイアならあっさりとパスカルを制圧出来ただろう。

「それが正解だろう。君まで全員の敵になったら大変だ」

もしあの場でティレイアがパスカルを止めていたら、貴族連中の鬱憤は晴らされないままだ。彼が僕を殴った所で、多少は溜飲《りゅういん》が下がっただろう。

「良いか。私はな、こういう事をするぞ。私の計算で、同胞が傷つく事を平気でする女だ。軽蔑したければしろ」

「……なぁ、君。もしかしてこの国の出身だったりするか？」

「？　出身ではないが、一時騎士団に身を置いていた事がある。皇女殿下やホールドグレイ卿とは当時からの付き合いでな。何故《なぜ》だ？」

揃《そろ》いも揃って不器用な所が似ていたから、とは言わないでおこう。耳を引きちぎられるかもしれない。

「まぁ、大体分かった。別に好きにすりゃあいいだろそれくらい。とりあえず、一つやりたい事がある」

暫《しば》くの間はティレイアに手を引かれていたが、彼女がふと手を離してこちらを振り向いた。きょとん、とした目は不意を突かれたとでもいうようだ。

「やりたい事だと？」

「ああ。手始めに、ヴリガストを奇襲する」

「なるほど、ヴリガストを奇襲。…………はぁ⁉」

ラグが長いな、こいつ。予想外の事態に弱いタイプか。

一つ、二つ、三つ。ティレイアは表情を次々に変えながら最後には大きなため息を唇から噴き出した。

「よし、まず聞こう」

「おお、学習したな」

「一々反応していれば貴様の身体《からだ》がもたん」

もたないのは僕の身体かよ。僕が何か言う度に、こっちの身体に訴えるつもりだったのかこいつ。

廊下を歩き、絨毯《じゅうたん》の感触を堪能《たんのう》しながら彼女を見る。

「考えてたんだが、ここの地形は守るのに不向き過ぎる。全方位から攻め立てられたらそれだけで厳しい」

テーブルの上に無造作に置かれていたフィールドマップを瞼に浮かべる。皇都は城壁こそ築かれていたが、今はそれも半壊。その上周囲は完全な平地だった。

軍事については素人《しろうと》だが、渓谷や隘路《あいろ》よりは遥《はる》かに攻め寄せやすい事は想像がつく。

「それに、兵が全く足りない。内部の士気もあれなんだろ」

敢えて言葉を誤魔化して言った。人間、本能的に直接的な言及は避けてしまうものだ。

「その通りだ。士気は完全に崩壊している。魔軍の侵攻だけでももはや防ぎきれまい。案山子《かかし》でも立たせていた方がまだマシだ」

「凄《すご》い事を言うな」

「現実を直視する事を拒めば、そこには敗北しかない。騎士章典第十四章、『勝利とは、恐れず現状を知る事から始まるものである』」

ご立派。騎士の鑑《かがみ》。

「まぁ、貴様と違って場所を選ぶ品位はあるがな」

やたらと得意げな顔で胸を張ってきたので、二度とティレイアを褒めないと心に誓う。

ごほん、と喉を鳴らして得意げな顔を押し返す。

「つまり、もう皇都にヴリガストと魔軍を押し返すだけの機能はない。ここに座してれば死ぬだけだ。なら、打ってでるしかない」

無論、打って出る事にも問題はおおありだ。積極的に選びたいのではなく、そうせざるを得ないから選んでいるだけ。少なくとも、ただ現状に甘んじる選択肢をルイナが良しとするとは思えない。

ティレイアは僕の横に並びながら、頷《うなず》いて言った。

「なるほど、しかし不可能だ」

「どうしてだ？」

間髪を容《い》れず返す。彼女は黄金の頭髪を軽く振るったまま、顎を引いた。

「現状認識こそが第一だと言ったばかりだぞ、高瀬《たかせ》クレイリー。まずは、我らの戦力を紹介しよう。もう、良《い》い時刻だ」

ティレイアは胸元から美麗な色合いの時計を取り出した。そこにはやけにのっぽの長針だけが飾り付けられている。

「妖精姫アドリエンヌ。鉄の舞曲カルロに引き合わせる。これからを考えるのは、それからだ。貴様は彼女らを欠片《かけら》も知らんのだからな」

妖精姫に、鉄の舞曲。そういえばすっかり存在を忘れていた。ティレイアと二人でヴリガストを倒す算段を立てていたが、戦力が増えるのならまだ他の方法もあるかもしれない。

しかし、

「そいつらは死んだんじゃなかったか？」

「……貴様は本当に人の話を聞かん奴だなぁ⁉」

「痛い痛い痛い⁉」

やめろ。耳を引っ張るな。千切れる。本当に千切れる。

「魔法使いは精霊の声を聞く耳が命だと聞いた覚えがある。この場で千切ってやってもいいのだからな！」

「分かった分かった。今度は聞く！　それでどうだって？」

「うむ。無事両者の魂が世界に封じられる前に回収出来た。十分に肉体の蘇生《そせい》は可能だ。夜天竜のブレスが直撃したのは運が悪かったがな」

ぐるりと長針が動き回る時計を見せながらティレイアが頬を緩めて言う。さっぱり時計の見方が分からない。無視しよう。

しかしそうか、確かに魔法使いの呪文には蘇生呪文も存在したはず。とすると、死んだら終わりではなく、このシナリオ中での復活が可能なのも妥当だ。むしろそうでないと、こんな即死ゲームやってられない。

――正直、ルイナなら本当に殺した可能性もあったが。

「なら、会いたい。是非会いたい。彼らはどんな奴《やつ》らだ。スキルは？『伝承』はどんなのだ？」

「彼ら、ではなく彼女ら、だが。ふぅむ、そうだな。妖精姫アドリエンヌはエルフ、鉄の舞曲カルロはラビットと呼ばれる獣人の一種だ」

エルフに、ラビットか。後者はよく知らないが、前衛としては悪くなさそうなイメージだ。それにエルフとくればまさしく後衛のスペシャリスト。

ヴリガストの炎に焼き殺されたとの事だったが、彼女らも英雄としての性能はあるはず。なら、今後どういった手を打つにしろ頼りに――。

「――二人とも英雄と呼ぶに相応《ふさわ》しい能力を備えている。少々の我の強さはあるが、それは貴様もさして変わらん。スキルは彼女らから直接聞け」

「そうしよう。で、復活ってのはどこでするんだ。教会か？」

「うむッ！　我らの魂が担保されるのは、常に神によって。なればこそ、神の宿舎によってのみ復活は許される。……皮肉なものだがな」

横を行くティレイアが、まるで感情を弄ぶ様に頰をつりあげる。

僕は数秒考えこそしたが、彼女に返す言葉を見つけられなかった。だってそうだろう。自分達の世界が神様によって滅ぼされようとしているのに、そんな中で復活しようと思えばこれまた同じ神様が作ったルールに従わなけりゃいけないわけだ。

つくづく、意地が悪い。そう実感せざるを得なかった。

不意に、僕とティレイアの間で会話が失われた。出会って二日程度であるし、相手はよくよく考えればNPCなのだから敢《あ》えて会話をする必要もないのだが。こうなると気まずくなるのが人間だ。

しかも間の悪い事に『教会』とやらは宮殿の外に設置されているらしく、広い廊下を渡り、階段を五度ほど下り、更に廊下と扉を潜《くぐ》り抜《ぬ》けてもようやく宮殿から出ただけだった。設置された魔法陣の上に立てば、ようやく地上へと転移出来た。すぐ目の前は大通りになっており、石畳の上を多くの人々が行き交って——はいない。余りこういった比喩は適切ではないと思うが、すっかり寂れてしまった商店街の如《ごと》く人が疎《まば》らだ。

城内でも人をやけに見ないと思ったが、そもそもこの都市に人がいないのではなかろうか。

「……多くの者が家屋に隠れているか、もしくは逃亡したのさ。私達が来たからな」

「僕らが？」

「ああ、そうだとも。当然だろう。私達が召喚される条件を知らんわけでもあるまい？」

ティレイアはたっぷりと間を取って、鋭い声で言った。

「次に、魔軍が標的としている国家だ。言わば民達にとってみれば、死神より性質《たち》が悪いだろうよ」

「……そういう事は分かってても言うなよ」

「貴様に言われたくはない」

当然だ。英雄達は間違いなく救いの希望ではあるが、敗北を重ね続けてしまえばもはや彼らが来る事自体が国家の死亡宣告書扱いされてもおかしくはない。

しかも、数度ではなく三十八度という実績だからな。僕が逆の立場でも同じ事を考えるだろう。思えば、うろついている人はいないが、人の視線はそこら中から感じる。決して歓迎する様子でもなく、しかし無関心でもない。まるで憎悪《ぞうお》するような視線の色合い。

「——死神の使いだ」

「——あいつらの所為《せい》で、この国は亡《ほろ》ぶ」

「——どうして俺達がこんな目に」

そんな砂粒のような怨嗟《えんさ》が、周囲全てから滲《にじ》み出ていた。

「何時《いつ》もこんななのか?」

「最近は特にな。仕方のない事だ」

「仕方のないって言ってもな、英雄も大勢いるんだ。君がいない時に勝手に滅びた事だってあるだろ。そんなツケまで回されてもな」

身勝手なもんだ。そう付け加えようとした瞬間、ティレイアは僕の言葉を食いちぎった。

寒気がするほどの笑みが彼女の表情には張り付けられていた。

「いいや」

「うん?」

「私は、全ていたよ」

「全て?」

生返事で聞き返す僕に、そうだ、とティレイアは頷いた。

「三十八度の敗北、廃退、滅び。私だけは常に召喚されていた。たとえ他の英雄には言い訳が許されようと、この私にだけは決して許されない」

「全部ってそりゃ……君、全部って事か?」

「そうだ、全部だ」

参った。返す言葉がない。ティレイアに気を使ったつもりだった言葉が、完全に彼女の

地雷を踏み抜いていた。これ以上何を言っても傷口を広げるだけだろう。

それに、実際そんな保身だけではなく僕が言葉を失ったのも確かだ。

三十八度。たとえ彼女が物語の一登場人物に過ぎないとしても、英雄としてそれだけの期待を背負い、敗北を積み重ね、それでも尚《なお》戦う事を強いられる彼女は。

一体どれほどの想《おも》いを、胸に宿しているのだろう。

感情移入とはまた別。肺に直接、重い泥を呑《の》み込まされたかのような感触があった。

「着いたぞ、変な顔をするな。別に後悔してるわけじゃない」

「別に変な顔はしてないが」

彼女なりの気遣いなのだろう。両肩を竦《すく》めて応じる。

「悪かった。生まれつきか」

もしかするとただの悪口かもしれない。

僕を疑心暗鬼の渦に叩《たた》きこんでおきながら、ティレイアはくいと顎を動かして足を止める。

教会。僕をそこに案内すると聞いていたのだが。

「寂れてるな。嫌だぞ僕、こんな所で復活するのは」

「寂れもする。教会への寄付をする者など今や稀《まれ》だ」

門構えだけは立派だ。庭もついているし、石造りの建物は荘厳《そうごん》さを引き立てもする。しかし、それも整備がしっかりとされていれば、という条件がつく。ありとあらゆる所に蔦《つた》が絡《から》まり、もはや一見すれば廃墟《はいきょ》の出《い》で立ちだ。昔、金持ちが没落したかどうかは庭を見れば分かる、と聞いた覚えがあったが、ここまで顕著なのはそうないだろう。

世界が神様の所為でこんな有様《ありさま》になったのだとすれば、当然の末路とも言えた。

苦心して蔦を避けながら門を開くと、雑草の聖地と化した庭の先、座り込んだ人影が煙草《たばこ》を吹かしている。

白髪に髭《ひげ》を生やし、もう老境と言って良い年ごろなのだが、鋭い目つきと筋肉が馴染《なじ》んだ肉体の所為で一見すれば壮年に見えてしまう。

彼はこちらを確認すると、くしゃりと頰の皺《しわ》を崩して笑った。

「よぉ。久しぶりだなティレイア。次会う時は墓場の下だと思ってたぜ」

「冗談が過ぎるな老公。まだ貴方《あなた》に死んでもらっては困る」

「それこそ冗談だろ。俺はもうとっくの昔に現役引退さ」

煙草の火を消さないまま老人は玄関口の石段に座り込み、白煙を吹き出した。

その体つきを見ると、教会の門番役なのかもしれない。それなら確かにもう引退させてほしい年ごろだ。

「高瀬《たかせ》クレイリー。こちら、ルインズ教のローランド神父だ」

「冗談だろ」

「冗談じゃねぇよ」

ローランド――神父が煙草の煙を勢いよく吐いてから言った。

「主は仰《おっしゃ》られた。自らが善いと信じる行いをせよ。俺は煙草が善いと信じてんのさ。はっはっは」

口角をあげて快活に笑いながらローランド神父は言った。使い古された衣服は到底聖職者のものには見えなかったし、彼の風貌や行いもイメージにあるものとは全く違う。

いや、勿論《もちろん》僕だって聖職者らしい聖職者に出会った事なんてないので、否定しきる事は出来ないのだが。

「ま。こんな時勢だ。真面目な奴から駄目になっちまった。俺みてぇな不良神父が生き残るなんて馬鹿みたいな話だわな。ティレイア、こいつが魔導英雄だろ。名前に聞き覚えがある」

「ああ。常識知らずで偏屈な所まで聞き及んでいた通りだった」

おい待て。僕にそんな所があったたか。

「高瀬クレイリー。貴様も老公には世話になるかもしれん。何せ、私達が蘇生するために祈ってくれる数少ない者らだ。召喚ならばともかく、蘇生となれば彼らの手助けは必須だからな」

「普通なら国に一人はいるはずなんだがな。棄教者や自殺者が多くて堪《たま》らんぜ。お陰で俺はあちらこちらにと大忙しだ」

ふむ。とするとてっきり彼はこの国の聖職者なのかと思っていたが、そういうわけでもないのか。

かつては多くいたのだろう聖職者も、その数多くが失われて老体を引きずり出すような状況になっていると。

凄《すご》いぞこのシナリオ。最初から最後まで、どこを切っても最悪な要素しか出てこない。

「ええと……まぁ、その際は是非よろしくお願いします」

「いや、挨拶や礼なんかは良《い》い、良い」

ローランド神父はひらひらと手を左右に振って、こちらに笑顔を向けた。

おお。流石《さすが》は聖職者。少々素行不良であっても、こんな世界の終わり近くまで神に祈っているのだ。その想いは本物なのかもしれない。

彼はその手をくるりと捻《ひね》って手の平を向け、そのまま親指と人差し指をくっつけた。

「俺が欲しいのは金だよ金。敵方の魔軍にも、中には金で人類と取り引きする連中もいる。

何時だって我が身を助けるのは、金の機嫌次第だろ？」

「せめて僕がいなくなるまでその一言抑えられなかったか？」

前言撤回。この世界にもう聖職者なんて残ってない。信仰対象がルイナという時点で自明の理だった。

「相変わらずだな老公。謝礼金は協定通り皇国から受け取ってくれ。話は通してある。それで、二人は？」

老いた指先が、やけに素早く自分の後ろを指さした。

「無事終わったぜ。二人とも、何時も通りだ。良くも悪くもな」

「感謝する。よし、高瀬クレイリー、行け！」

「おい待て」

「何だ！」

何だ、ではない。

「この先に妖精姫アドリエンヌと鉄の舞曲カルロがいるんだろ？　普通、先に顔見知りの君が入って僕を紹介すべきじゃないか？」

「そんな事関係があるか！」

「あるだろ普通に⁉」

何だ、どうした。今まで曲がりなりにも常識人だったティレイアが急におかしな挙動をしだしたぞ。

嫌な予感が背中にひしひしと張り付いてくる。駄目だ。これ絶対に駄目な奴《やつ》だ。

だが悲しいかな。ローランド神父は煙草を吹かしながら傍観。そして前衛職のティレイアに背中を渾身《こんしん》の力で押されれば、僕に抵抗する余地はない。

「貴様、往生際《おうじょうぎわ》が悪いわぁッ！」

「仲間に会う時に言うセリフかそれ⁉」

ティレイアがこうも恐れているのはどういうわけだ。前情報だけではそんな所はどこにもなかった。むしろファンタジー味の増した住人と出会える楽しみすらあったのだが。

いや待てよ。エルフとは言っても、ルイナの事だ。想像通りのエルフかは分からない。もしかすると、トロールやオークの如《ごと》きエルフが出てきても全くおかしくはない。ラビットも同様だ。

思わず喉を鳴らす。緊張に眦《まなじり》をつり上げながら教会へと踏み入った。

外観と同様、中は荒れ果てている。最低限の掃除はされているが、そもそも教会が広すぎる。到底一人で掃除や整備ができる規模ではなかった。本来十数人で暮らす事を想定されているのだろう。

正面にはステンドグラスが飾り付けられ、儀礼用の蝋燭《ろうそく》立て、説教台、信者が座り祈るための長い椅子が複数備え付けられ、かつてはここが興隆を誇っていた事を伝えている。

その最奥《さいおう》。本来は神父が立って説教を行うだろう台の上に、堂々と立っている女がいた。ひび割れたステンドグラスから差し込む後光を受けた姿は、一種の陶酔した美しさを感じさせる。

ティレイアの金髪とは対照的なツインテールの赤髪。頭に生えた人類のものではない長い耳。しかしその耳は決して彼女の異常性を浮き立たせなかった。むしろ彼女のくっきりとした輪郭と紅の瞳に調和し、彼女に現世と隔絶した存在感を与えている。

その耳から、彼女が誰であるかは自明だ。

鉄の舞曲カルロ。種族ラビット。

どんな化物が出て来るのかと思っていたものだから、そんな美麗な姿に思わず戸惑う。

一歩、前へと出た。

「――この私は、美しいですわ。前人未到、未曽有にして前代未聞《ぜんだいみもん》。八面玲瓏《はちめんれいろう》にして面向不背とはまさにこの私のために造られた言葉。そう思われませんか、御仁！」

「……」

うん。なるほど。

やべぇのに出会っちまった。

「――言葉を失うのも無理はありません。この私の仙姿玉質の美しさを見れば、花も恥じらい月も姿を隠すもの！　さぁこの私が許しましょう！　どうぞ！」

「えっ」

待ってくれ。話を勝手に続けないでくれ。しかもどうぞって何だ。奴の中ではどんなイベントが起こってるんだ。

無言の時間が、十秒。僕とカルロが見つめ合う。

おいティレイア、僕の後ろに逃げるのはやめろ。

しかし、流石に相手も話が通じていないのは分かっているはず。まずは普通の挨拶を試してみるべきだろうか。

「――さぁ、どうぞ！」

ゴリ押してきやがった。嘘《うそ》だろ。僕にどうしろというのだ。

更に五秒。悩み抜きながら手を叩いて拍手をした。先に言い訳をしておこう。僕もさっぱり理由が分からないが、どう足掻《あが》いても言葉が喉から出てきてくれなかった。

瞬間、カルロが説教台から飛び上がる。やけに高く飛び上がり空中で一回転、よもやその間にも美しさを保とうとしているのだろうか。二房の髪の毛が綺麗《きれい》に彼女の後ろを付いて回る。

そうして見事に僕の目の前に着地し、そのまま僕の両手を取って——そのまま抱き着いてきた。

え。何。

「よもやこの地にも、この私の美の理解者がいたとは！　青天の霹靂《へきれき》、驚天動地ですわね！　何たる事！　これぞ羽化登仙！　お待たせいたしましたわ私の人！」

「ティレイアァァアッ⁉」

流石に限界だった。これを前に何も知らせずに突き出すのは拷問だろ。

本当に何なんだ。言動は奇妙、距離感は異様な近さ。そうして感情に至ってはまるで読めない。

それに、だ。

「君の二つ名は鉄の舞曲じゃないのか！　服を着ろ！」

彼女は何故《なぜ》か薄手の絹のような、衣服ともいえない布を纏《まと》わせているだけで半裸と言って良い姿だった。本来、鉄鋼の具足を纏い、前線で仲間を支える英雄という設定だったはずだが。

「無粋でナンセンスですわ。芸術品に布をかぶせて隠す者がおりまして？　いいえ、おりません。つまりこの私が服を着る道理もないのです！」

「ティレイアァァァア⁉」

いや本当に勘弁してくれ。ナルシシストで露出癖で英雄とかどういう存在だ。

やたらに密着されているのと、彼女が纏う布が薄すぎるのとで、色々な感触から意識を逸《そ》らすのも限界にきている。

「さっきから一々うるさいぞ高瀬クレイリー。教会では静かにしたらどうだ」

「そう思うならとりあえず教会に入ってこい⁉」

僕だけを教会に押し込んで、扉の後ろ側に逃げやがって。

しかしよく分かった。ティレイアは随分と彼女を苦手にしているらしい。

いや待てよ。

「ちょ、ちょっと待ってくれカルロ。君の他に、妖精姫アドリエンヌがいるんだろう。そちらとも会わせてくれないか」

必死に押し付けられ柔肌の感触から意識を逸らしつつ言うと、カルロは二房の赤髪をふわりと上げた。

「――あら。先ほどからいるではありませんか。彼女はこの私と違い、少々積極性に欠けるので目立ちづらいのです。本当に勿体《もったい》ない」

すでにいる。

言われてふと見てみると、確かに一人いた。寂れた教会の中に、青みがかった緑色がひっそりと佇《たたず》んでいる。カルロの狂騒や僕の声にも一切反応せず、それこそ石像のように動かない姿は彼女の存在感をそこから完全に消し去っていた。

「君が、アドリエンヌか……？」

騒々しいカルロとは真反対の静かさ。しかしそれはある意味有《あ》り難《がた》い。カルロみたいなのが二人もいればもう手に負えない。が、もう一人が常識的なエルフであるならばまだパーティに纏まりが生まれる。

「……私を呼んだかい？」

消え入りそうなほどか細い声だったが、寂れた教会の雰囲気にはやけに似合う。歴史の悠久さを感じさせる教会の在り方と、全く同じ有様《ありさま》で彼女はそこにいた。

ゆっくりと、しかし研ぎ澄まされた動きでアドリエンヌは振り返る。

緑色の頭髪に溶け合うような蒼眼《そうがん》。何処《どこ》か鋭利さを感じさせる唇。そうして、エルフと呼ばれれば想像する長い耳。どれもがしっかりと存在感を主張し合っているのに、しかし違和感にはならない。嫌味と思えるほどにそれらは調和し合い、カルロの彫刻的な美しさとは別の、自然が生み出した美を見せつけていた。右肩に大きな金と銀で出来た装身具を身に着けているが、それすら彼女と共に空間に溶け込んでいる。

背はティレイアやカルロ——いいや、僕よりも高い。エルフ自体、種族として背が高い設定なのかもしれない。

長い睫毛《まつげ》がくいと動き、僕を見据えた。

「何かあった？」

「何か、というか。これからヴリガストを殺す為《ため》の算段を立てたい。君とカルロ、ティレイアも含めてだ。その為に僕らは呼ばれたんだろう」

英雄にはその義務がある。だから僕らは如何《いか》に理不尽な目に遭おうと、この国を救う為に動かねばならないわけだ。

まぁ、今となっては、嫌々というわけではないのだが。

「……無理だね」

「実際にやらなきゃあ分からないだろ」

「いいや、状況は承知している。無理なものは無理さ」

「どうしてだ？」

アドリエンヌは余りに淡々と、冷静に言葉を紡《つむ》ぐ。

相手は悠久の時を生きてきたエルフ。とすると、その言葉にはカルロと違って一考の余

地があるかもしれない。もしかするとヴリガスト攻略のヒントが含まれている可能性だって、

「私が余りに愚図で、愚鈍で、愚昧だから……」

「ん？」

何だその愚三段活用。

「召喚されたかと思えば、何もせずに焼き殺される……。そんな無様な英雄がいるかい？　どうして蘇生《そせい》したんだ。私なんて、死んで灰になったまま二度と生き返らなければ良かったんだ……」

待ってくれ。

「そんな事はありませんわアド！　ティレと御仁、そうして何より万夫不当のこの私がいるのです！　ならばヴリガストなど蜥蜴《とかげ》と変わりありませんもの！」

「……ならカルロ、君たちだけで相手してくれれば良い。私みたいなゴミ屑《くず》はここで石みたいに朽ちていくのがお似合いなんだ。あんな恥を晒《さら》して人前に出るなんて、恥ずかしくてたまらない……」

「ティレイアァアァァァアアアアアアッ！」

色々限界だった。

鉄の舞曲カルロ。超ポジティブなナルシシスト露出癖英雄。

妖精姫アドリエンヌ。超ネガティブな死にたがり英雄。

騎士英雄ティレイア。唯一まともだが、全ての滅びに付き合わされている超不幸体質。

選出に悪意しかないぞ。嘘だろ。こいつらと一緒にあのヴリガストを殺せというのか。

「高瀬《たかせ》クレイリー」

頭を抱えていた僕の後ろに、知らない間にティレイアが来ていた。肩に手をかけ、随分と疲れた目をしているように思える。そりゃあ、この二人を知っていれば相手をしたくなくなるのも分かる。

しかし何故ちょっと笑っているんだこいつ。彼女はすっと左腕を掲げて言った。

「無事パーティが揃《そろ》った。これで貴様に――パーティの統率《マスター》権限を譲渡出来る」

「は？」

疑問を口にする暇もなかった。魔力の発露を示す緑色が、ティレイアの全身から溢《あふ》れ出す。足元には瞬《まばた》きの間に魔術陣が描かれ、魔術の成立を宣言する。

魔に法を敷いて操作出来るのは魔法使いだけ。しかし世界との契約に基づく魔術は、その形式さえ守れば誰でも用いる事が出来る。と、設定に記載があったが……これの事か。

しかし一体何の魔術を――ッ。

「黄金連盟、序列三位。騎士英雄ティレイアが三賢《さんけん》との契約に基づき告げる！　連盟の統率権限は、常に上位の者に引き渡されるべきである。故に、序列一位黄金卿《きょう》より譲り受けし統率権限を、序列二位——魔導英雄、高瀬クレイリーに譲渡するッ！　これは、世界契約に基づく決定である！」

「おい待てこらッ⁉」

「もう遅い！　決定は下された！」

緑色の魔術陣が僕とティレイアの間を回り、光柱が立ち上る。そうして一瞬、左腕に熱い感触が灯《とも》った。刻まれたのは先ほどまでティレイアの下にあったはずの刻印。

パーティの統率権限を告げる証《あかし》。

「君——いや、お前⁉　人にこんな泥船の権限押し付けてるんじゃねぇ⁉」

「貴様の方が序列が高いのだから当然だろうがッ。責任を持て責任をッ！　私は当然の事をしたまでだッ！」

嘘をつけ。晴れ晴れしい顔をしやがって。

理由は知らないが、黄金卿とやらがいない間はこいつがずっと統率権限を押し付けられてたわけだ。それをとうとう僕へ押し付けられたと。

先ほどティレイアを唯一まともと整理したが、そんな事はなかった。むしろ僕が苦しむ姿を見て喜んでいる節まである。

「むぅ。その序列制度はいまいち納得がいきませんわ。どうしてこの私が序列七位ですの？」

「……私はもっと低くて構わない。六位なんてゴミ屑には畏れ多い……他に輝かしい英雄はもっといるというのに」

黄金連盟、英雄達の集いにも一応の序列があるらしい。設定に載っていなかった気もするが。

ティレイアが序列三位、アドリエンヌが六位、カルロが七位、そうして僕が二位。全てで十数人はいたはずなので、一応上位連中が集められているわけだ。今の所とてもそうは見えないが。

「まぁ、実際貴様を頼りにしている面がないでもない。私達ではどうにもならなかったわけだしな」

ティレイアはくっくっと喉を鳴らしながら快活に言う。金髪がやけに輝かしく見えた。

「国家を頼る術《すべ》はない。防衛の術も限られている。次はヴリガストも単騎ではなく、魔軍を引き連れてくるだろう事は貴様の言う通り」

「……」

ティレイア、カルロ、アドリエンヌ。六つの瞳がこちらを向いていた。

「序列二位、魔導英雄。想像していた方とは少し違いますわね。けれど構いませんわ。この私の美を理解できる方ですもの！　統率権限を持つ事に異論はありません」

「……どっちにしろ同じ。誰だってどうしようもない。アレに人類は勝てないさ」

「アドリエンヌッ！　それが英雄の言葉か！」

「私は、自分で英雄と名乗った事はないよティレイア。誇り高い君たちとは違うんだ」

三人とも、別々の事を話すのはやめてくれないだろうか。取り留めがなさすぎる。かしましいというより、収拾がつかない。

数分ほどそうした後だった。ティレイアがきっ、とこちらを見て言う。

「さぁ——どうする高瀬クレイリー。本当に奇襲が出来ると思うか？　貴様はどうするつもりだ。ご自慢の智恵《ちえ》を授けてもらおう」

＊

「——今日はここまでにしようか、高瀬クレイリー」

「んあ？」

気づけば、幻視が溶け落ちるように目の前から消えていた。

ルイナがルールブックを閉じ、後片付けをしていた。時計の針はあっさりと八時を越えている。

「ふふん。そこまで私のシナリオに集中するとは。よっぽど楽しいようだな高瀬？　誰だったかなぁ、私のゲームをこき下ろしてくれたのは」

「……君な」

的を射ていただけに悔しさが胸に残った。

実際、他の本や物語でここまで幻視が続いた事はそうない。子供の頃ならばともかく、中学校入学前後からはめっきり存在しなかった類の長さだ。

僕の感情にかかわらず、本能的に脳がルイナの物語に陶酔してしまっている。だから僕としては、それを言葉で否定する事は出来ない。嘘《うそ》は嫌いだし、それに物語について誤魔化しの言葉を吐きたくはなかった。

押し黙ったこちらを見て随分気分を良くしたのか、ルイナは「そうかそうか」と満足気に頷《うなず》いた。

「なら明日は休日だが、続きをしてやる事にしよう。私の物語の続きが聞けるんだ。良《い》いお菓子の一つでも手土産に持ってきてもらいたいものだな。ん？」

「善処しておこう」

　絶対買ってくる事はないが。

「しかし止《や》まないな、雨。ずっと降ってたのか？」

　ふと窓の外を見ると、始めた頃と変わらず雨音が響き続けていた。

「降っていたじゃないか。急に何を言っているんだ」

　呆《あき》れたように、ルイナは後片付けをして目を開く。その所作が一瞬ティレイアに見えてしまったものだから、僕の幻視も筋金入りだ。

「しかし長いな、今年の雨」

　昨日から、ずっと降り続けている気がした。勿論《もちろん》、途中で降りやんではいるのだろうけど。こうも起きている間ずっと降り続いてしまうと不気味な感触がしてくる。

　傘をさして外に出た時の帰り道は、昨日と変わらず暗い。八時まで居残りしていれば当然だろう。

「ふぅむ、確かに長い。こうも強い雨だと少し雨宿りがしたくはないか、高瀬？」

「いや、別に」

「したいな、よし！」

　あ。これ最初から僕の意見聞いてない奴《やつ》だ。

「帰り道に丁度、行きつけの店があるんだ。少し寄っていこうじゃないか」

言って、暴君はさっさと前を歩きはじめる。この時間から更に歩き回るのは、健全な高校生としては如何《いかが》なものか。まぁ、ルイナの存在自体がすでに不健全とも言える。

幸い、ルイナが行く先は物騒な暗がりではなく、明るい商店街だった。一部の喫茶店やゲームセンターが遅くまで開き続けているためか、人通りはこの時間でも十分に多い。僕らと同じ高校生と思《おぼ》しき面子《めんつ》もちらほらいた。通り全体に屋根が設けられている事から、本当に雨宿りをしにきた人もいるのだろう。

しかし、と前方を行くルイナへ視線を向ける。

こいつの行きつけの店とは、一体。まさか未成年にして飲酒でもないだろうが。思うと、僕はルイナの異常さはよく知っているが、彼女の日常をよく知らない。

不意に、彼女が足を止めた。

「さぁ、まずはここだ。お前が如何《いか》に凡愚でも、足を運んだ事くらいあるだろう?」

軽く顔を上げる。僕も知った文字列が、看板に並んでいた。

良く言えば年季の入った、悪く言えば古ぼけた書店。一階から二階までびっしりと本棚に本が詰められており、雰囲気は良いので数回通った覚えがある。

だが揃えている本は小説よりも専門書の類が多く、僕の選択肢からはすっかり外れてしまった。

「君、ここに通ってるのか。あと、本屋は行きつけって言うか？」

「言う！　私が言っているのだから間違いはない！」

「さようですかルイナ様」

「うん。良いぞ、ようやく私への敬意が芽生えてきたようだな高瀬」

今のは嫌味だ。自信満々に胸を張るな。

店先に入ると、店主らしき老婦人が見えたが、こちらを軽く一瞥《いちべつ》しただけで終わる。ルイナも気にしていない所を見ると、何時《いつ》もこうなのか。

「ここは二階が良いんだ。ぼさっとしている暇はないぞ」

小柄な身体《からだ》で、とんとんっと飛び跳ねるように階段を駆けていく。やけに嬉《うれ》しそうだな。

そんなにこの書店が好きなのか。

二階に上がると、やや薄暗さを伴った灯《あか》りとともに、本棚と本の群れが視界に入る。

ルイナはその中でも更に奥に入り、ある本棚を指さした。

「この一帯が私のおすすめゾーンだ。どうだ、良いだろう！」

まるで自分のものを自慢するみたいに、ふふんっとルイナが顔を緩める。

「……なるほど、君がこの店が好きな理由が分かった」

そこに居並ぶのは、世界各国の神話や歴史、図鑑の類。

ルイナの世界においては、文脈の中で神話大系や生物にも多々触れられていた。彼女の世界に対する真摯さと生真面目さはもうよく理解している。僕が知らないだけで、きっと彼女は隅から隅まで、自分の世界の事を考え尽くしているのだ。

ここは、そのための情報庫というわけか。

「今の時代、ネットで調べれば幾らでも出て来るんじゃないのか?」

「馬鹿め、愚鈍め、哀れな奴め！　ネットで得られるものは、言わば情報として浅瀬のものにすぎん。深層をよく知りたければ、やはり本に頼るしかないのだ」

ふむ。口にしておいて何だが、ある程度は同意できる。

実際、適当にその辺りの本を取ってみれば、詰め込まれた情報量に頭が痛くなってきた。

「見ろ高瀬《たかせ》、このフランス史の本は素晴らしい。戦争と革命に至るまでの詳細が精緻に描かれている。こちらの神話辞典も凄《すご》いぞ！　各国の神々の特徴をこうも分かりやすく書いた本は他にない！」

それは良かった。

まぁ、どれも個人的に全く興味がない分野でもない。

自分で読んで全てを理解するのは難しくとも、ルイナの解説付きならついていける。

六冊ほど、ルイナによる書籍の紹介が続く。よほど熱量をため込んでいたのだろうか。一冊につき長々と時間を使ってくれた。他の客が来なかったのが幸いだ。

ようやく解説が終わったかと思ったら、ルイナは本をずらりと並べて言った。

「さぁ、どれにする」

「どれ？」

「どれが気に入ったかと聞いているんだ」

一瞬考えつつも、こういう本選びについては慣れたものだ。直感で、最も興味が湧いたものにすれば良い。ルイナが特に熱を込めていた神話大系シリーズの一冊を指さすと、やけに嬉しそうに彼女が頷く。

「うん、うん。分かっているじゃないか。お前にしては悪くないぞ」

言って、ルイナはその一冊を手に取ると階段を駆け下りていく。行動が素早すぎる。野山を駆け巡るリスみたいな奴だ。

購入するつもりらしいが、専門書だけあってそれなりの値段だったはず。手持ちは大丈夫なのか。

ルイナは一階の老婦人に本を渡しながら、くるりと振り向いて言った。

「さぁ、半分は出してもらおうか！　私とお前、二人で選んだ本だからな！」

マジかこいつ。

「君、それは人としてどうなんだ⁉」

「嘘を言った覚えはない！」

嘘は言ってない。嘘は。

数分の口論。老婦人からの視線の痛み。

結論から言おう。僕とルイナ。折れたのは僕だった。

なけなしの小遣いから半額を出してやり、ルイナは目を輝かせながら本を掲げた。

「うむ！　これで更に私の世界は広がるな！　少しは感謝してやってもいいぞ！」

「少しはじゃなくて思い切り感謝しろ⁉」

そこからも大変だった。

本を購入してよほど上機嫌になったのか、帰り道でくるくると回ったりするし。無駄にたい焼きを買い食いさせられるし。こういう事は親しい友人とやってくれ。

ルイナはたい焼きを口にしながら、実に楽しそうに商店街を歩く。

「さて、こうして雨宿りしている間、ドラゴンを倒す術は思いついたのかね高瀬クレイリー君。今なら少し話を聞いてやってもいいが？」

ルイナはくっくっと喉を鳴らしてこちらを見上げてくる。

ふむ。もしかしてこうして雨宿りに誘ってきたのは、この話をするためだったのか。

正直、僕の今の状態は手詰まりだ。ルイナにヒントをねだりたいのは確か。

けれども、

「……今喉元まで出てきてるよ。明日になればあっさり何とかしてやるさ」

「はっはっはっ。そうかそうかっ」

愉快そうにルイナが嗤《わら》った。きっと、僕が何も思いついていないのを読み取っているのだろう。奇襲戦法と一度は言ってのけたものの、パーティメンバーがあのメンツでそう上手《うま》くいくものか。

「まぁ、一晩考えてくる。何とか出来るようにな」

「ほう。けど、絶対攻略不可能な敵かもしれないぞ相手は。作ったのは私だからな」

ふふんっと胸を張ったルイナに思わず眉を上げる。

「いや、だからこそないだろ。絶対不可能なんて――お前の趣味じゃないからな」

「……ふぅん？　どういうのが私の趣味だと？」

ルイナがふと足を止めて、僕の目を覗《のぞ》き込んでみる。形が良い唇が、きゅっと緊張感をもって引き締まった気がした。商店街を抜けると、傘に突き刺さる雨音がやけに鮮明に鳴り響く。

「僅かばかりの可能性がある中で、藻掻《もが》いたり足掻《あが》いたりする相手が見たいんだろ。つまり、今の僕の状況だ」

「ふふん。察しが良い事は褒めてやろう。だが少し違うな」

「というと？」

ルイナは雨水を軽く蹴り飛ばして前に進みながら言う。

「――私は、そんな中で足掻いた後、悔しがったり絶望する相手が好きなんだ。だから、お前がしっかり悔しがってくれるのを願ってるよ」

「性格悪いな？」

「自覚している。生来のものだよ、これればかりはな。昔はそれほどでもなかったんだが」

雨音の中だからだろうか。それとも上機嫌さが彼女の唇を滑らせるのか。

何時もは殆《ほとん》ど自分の事など喋《しゃべ》らないルイナが、不意に言葉を漏らした。

「高瀬。お前にも、子供の頃は無根拠に信じ込んでいたものがなかったか。両親は自分を愛している、この世には必ず正しい事がある、いずれ自分は凄い人間になれる。子供特有の万能感だ。私にはあった。可愛《かわい》げのある妄想だったよ。世界は輝いているし、戦争だっていずれ正義の英雄が現れて終わる、世の中の悪い人間を成敗してくれるヒーローがいるって信じてたんだ」

「ヒーロー？」

「具体的な誰かじゃないよ、要は英雄的な人間という意味だ。私が知らないだけで、世界にはそういう人間達がきっといて、いずれ自分もそうなれるんじゃないかって思っていたのさ。けど不思議な事にね、中学の二年に上がった頃に気づいた。そんな人間はいないってね」

皮肉でも言うように、ルイナは頬を拉《ひしゃ》げさせた。

「切っ掛けは何だったかな。何時までも戦争のニュースが終わらない事だったかもしれないし、読み始めた新聞の紙面がずぅっと醜聞だらけだったからかもしれない。けど子供過ぎた私にとってはそれだけで十分だったよ。別にこの世に全ての問題を解決してくれる英雄はいないし、悪人は悪人のままだし、世界は輝かしいものでもないって子供心に分からされた」

「流石《さすが》に極端な見方じゃないか？」

「そうだよ。私は極端なんだ」

ルイナはすっかり笑みなんて失って、四歩先で振り向いた。

「だからもう英雄なんていらないし、どうせなら不幸を楽しめる方がいいだろ？　高瀬もそう思わないか」

相変わらず、凄い事を事もなげに言う奴《やつ》だ。僕としては極端から極端に走るより、中庸程度をのらりくらり歩いているのが一番マシだと思うんだが。

眉間に皺《しわ》を寄せながら、口を開く。

「とりあえず」

「んぅ？　なんだい」

「今回のゲームは僕が勝つ。悔しい思いをするのはそっちの方だな」

「へぇ」

ルイナは拗《す》ねたように唇を尖《とが》らせながら言った。たい焼きが唇の中に消えていく。

「なら好きにしてみるがいいさ。明日、遅刻するなよ」

そう言って、踵《きびす》を返しながら帰り道を一人で行ってしまった。途中まで上機嫌だと思っていたのに。情緒の分からない奴だな。もうちょっと分かりやすくなってくれれば僕としては平和なのだが。

ルイナの背中が遠ざかり、そのまま雨の中に消えていく。

「……変な気分になったな」

別に僕が悪いわけではないのだが、ルイナに振り回されて感傷的な気分になってしまった。何か音楽でも聴こうか。スマートフォンに手を伸ばして、画面を見た。

一つ、通知が入っていた。連絡用アプリで、僕が登録しているのは家族と、ルイナを含めた少数の友人のみ。

相手は、有栖川《ありすがわ》。

*

「電話で済ませろよ」

夜と言って良い時間帯に呼び出しを受けた事。更にはルイナと別れた後、大雨に降られたのもあって、声に苛立《いらだ》ちが乗る。

商店街にある喫茶店。個人経営だというのに朝早くから夜遅くまで開いているのは、マスターの趣味だという。待ち合わせ場所や勉強場所、もしくは歓談場所として長時間使用しても何も言われない貴重な場所であるため、中学生から高校生に至るまで学生がよく利用する。

流石にマナーとして、コーヒー一杯は誰もが注文するがそれも大した値段じゃない。

「おや、いらっしゃい。高瀬君、何にする？」

「遅くにすみません。アイスコーヒーでお願いします」

「良《い》いよ。どうせ暇だしね」

奥の座席へ腰かけながら、あっさりと出てきたアイスコーヒーを口にする。そうしてから、陽気に笑みを浮かべる有栖川を見た。

「悪い悪い。どうしても友人の顔が見たくなってね」

「確信した。君、悪いと思ってないな」

「ハッハッハ、思っているとも。俺はこれでも人の気持ちを無碍《むげ》に扱った事はないよ」

分かるだろう？　じゃないわ。ますます表情に不機嫌さを乗せながら、大きくため息をついた。

いいや。ここの代金はこいつに支払わせよう。一先《ひとま》ずそれで溜飲《りゅういん》は下がる。

「それで、何なんだよ。別に来週の学校でもいいだろ」

土日の休日を挟むとはいえ、別に僕と有栖川の間で急を要する用件があるとは思えない。と言うより、急を要するならますます通話で済ませれば良い話だ。

有栖川は一瞬目を細め、マスターを確認したように見えた。マスターは本をめくりながら、うつらうつらと頭を動かしている。

「いやどうしても一つ聞きたくてね。今日、お嬢様はどうだった？」

「は？」

「お嬢様だよ」

わざわざ呼び出して聞くのが、ルイナの事かよ。物好きにも程があるな。

「あー……途中は機嫌良かったが、帰《かえ》り際《ぎわ》は機嫌悪かった。理由はよく分からん」

「まず間違いなく友人が悪いね」

「別にそうでもないが」

ホットコーヒーを口に含んで、有栖川は一瞬表情に浮かべた笑顔を弱めた。

それは彼には珍しいほどの、真面目な表情と言って良かった。暗に、今のは前置きでしかなくここからが本題だと、そう言っていた。

「実はずっとどう伝えたものか迷っていたんだ。ほら、情報を有りのままに伝えるなんて、誰でも出来る事だが。大事なのは如何《いか》にして相手に理解させられるか、納得させられるかだろう？　会話の目的は、理解と納得であって、それ以外のものは雑多な成分でしかない」

何の話だ。そう言おうと思ったが、じぃ、とこちらを見つめてくる有栖川の黒い瞳が、やけに強い輝きに満ちていたものだから。思わず唇を噤《つぐ》む。

「そうだねぇ……友人は、認知的不協和を知っているかな？　自分の思考と行動に矛盾がある事を言って、それを解決するために人間は色々、認知を変化させて自分を正当化しようとする。煙草《たばこ》を吸う人はさ、煙草が身体《からだ》に悪いって言われてもそうそうやめないだろう。煙草はストレス解消になる、煙草は集中力を上げる、だからやめないんだと認知を変化させてるわけだ。コーヒーだってそう。カフェインだって身体に良くはない。けど、色々と理由をつけて皆飲む」

　ホットコーヒーをテーブルに置いて、有栖川が続ける。

「つまり何が言いたいかと言うと、人間は自分の認知を都合よくすり替える生き物という事だよ。事実を事実として受け止めきれない。よく漫画や小説で、空に裂け目が出来たり、超常現象を見せられて異常な存在を一般人が認識する場面があるがね。現実ではまぁそうはならないだろうね。大部分の人間は、自然現象がどう、化学反応がどう、手品だとかどうとか、自分が知っている知識の中で折り合いをつけて自分の常識が壊れないように勝手な解釈をつける。だから、難しい。俺は常に真実しか言わないが、幾ら説明しても、勝手に事実が捻《ね》じ曲げられてしまうおそれがある」

　アイスコーヒーを最後まで飲み干しながら、僕は次の言葉を待った。こうなった時の有栖川は、暫《しばら》く言葉が止まらない事を知っていたからだ。普段の会話ならそうでもないが、説明であったり、何か意見を語らせるととにかく迂遠《うえん》になる。呼び出された時点で嫌な予感はひしひしと感じていた。

「よく言う酸《す》っぱい葡萄《ぶどう》だろ。高い所にあって食べられない葡萄を、酸っぱいと思い込んで納得するって奴。それで、その認知的不協和がどうした」

「一度そういった認識が根付くと、それはもはや信仰になる。だからどうしようかとずっと考えてたんだけど。まぁ、そのまま言う事にしたよ、友人」

「はん?」

「――天羽《あまは》ルイナとのゲームの中で、非現実的な現象が起こらなかったかい?」

背筋に、がちりという嫌な音がした。アイスコーヒーを置いた手が、やけに汗ばんでいた。

強い雨が、窓に叩《たた》きつけられている。

「いいや、別に何もないな。敢《あ》えて言うなら、ルイナの機嫌がやけに――」

「――ゲームの中の光景が、まるで現実のように見えた事は?」

「……ないな」

それはあくまで、僕の幻視による影響でしかない。体質の話だ。非現実的な現象ではない。

「ゲームの中で起きた痛みを、実際に感じ取った事は?」

「ない」

「声や感触を、現実的に感じた事は？」

「ないと言ってるだろ。あくまで、個人的に想像力を働かせているだけだ」

そんな事、あり得るはずがない。馬鹿げている。

僕はただ、幻視でその光景を見てしまっているだけだ。何時《いつ》ものように。

「なぁ、友人」

有栖川は言葉を選ぶ様にしながら、一つずつ並べ立てていった。雨の音が、やけに耳奥に響いてくる。

「友人。その想像力を働かせているとかいうのは——何時からするようになったんだい？」


——何を、言っているんだ。幻視なんて、それこそ子供の頃から。


「……ちょっと待ってくれ」

何を言っているんだ、有栖川。そう口にしようとした声が出なかった。

他者の言葉の否定は、自分に根拠があってこそ出来るものだ。それが妄想でも、思い込みでも、自分の中に知識がなくてはならない。

溶けそうになる記憶を、掬《すく》いとる。

僕はそう、確かに幻視を見る体質であったはずだ。物語に入れ込むと、その光景を見てしまう。ルイナの語り口調から、時折別世界の光景を幻視していたのも、その体質の所為《せい》。

それは子供の頃からよくある現象で、僕にとっては自然な行いでしかない。だというのに漠然と、形のない不安が胸の中から溢《あふ》れ上がってくる。

「彼女が関わった事柄以外で、ソレを見た経験は？」

こちらの心をなぞるように、細長い指を伸ばして有栖川はスプーンでコーヒーをかき混ぜる。

反論をしようと思った。現にその様子を見せてやろうかと、鞄《かばん》に入っている本に手を伸ばしかけた。

しかし、すぐに手が止まる。気が変わっただとか、唐突に怪我《けが》をしただとか、本をなくしてしまっただとか、というわけではない。

ただ僕は、その本を読んで一度たりとも幻視に襲われた記憶がなかった。いいや、記憶を辿《たど》っていけば、どう足掻《あが》いても『本』を読んで別世界の光景を見た覚えがない。

心臓が呪われたかのように跳ねまわる。全身に怖気《おぞけ》が充満していく。自分の中を、得体の知れない何かが駆けていく。

気づいてはいけない何かが、もう目を背けていられない所まで近づいてきてしまっている。

呼吸をする、呼吸をする、呼吸をする。瞬《まばた》きをする。落ち着いて。全ての行動を意識的に行って。震えかけた脚を下ろして。口元に置いた指を動悸《どうき》が止まらない胸に置いて。有栖川《ありすがわ》への反論の根拠を探す。幻視は何時から始まって、どんな物語が初体験で、どんな経験をしたのか、だったか。ルイナの物語は鮮烈すぎるだけで、きっと他に色んな体験があったはず。

探す、探す、探す。喉元がやけに渇いた。グラスはもう空になっていた。雨の音が耳朶《じだ》に響く。

幾ら探しても、何も見当たらない。むしろ空白ばかりが露《あら》わになっていく。

物事にはあって然《しか》るべき原初の体験。それが全く思い出されない。むしろ、『幻視』をするという事実を先に与えられ、そこから無理やり朧気《おぼろげ》な記憶を押し当てただけのような。そんな歪《いびつ》な感触。

気づけばびっしょりと汗をかいていた。クーラーのよく利《き》いた喫茶店の中、全身の水分を出し切っていた。

「人間、自分が異常な時には異常に気づけない。それが正常だと思い込んでいるからね」

ことりと、有栖川がスプーンを置いた音でようやく正気に戻った。

頭痛がしていた。頭蓋骨が中身を思い切り締め付けているような痛みだ。

「……何だ、これはどういう話だ。有栖川」

「良かった。その質問が聞きたかった」

相変わらずふざけた返答をしながら、有栖川は続けた。

「結論から言おうか友人。友人は天羽ルイナが見せている異世界を、体質と思い込む事で自分の常識を守り、異常を留保しているだけだ。だが実際の所、友人の見ているものは幻視でも妄想でもない。もう一つの確固たる世界」

「……待ってくれ」

「待てないね」

「いや、待て！　じゃあその異世界とやらを見せられるルイナは何者なんだよっ！」

落ち着いた様子で有栖川が言う。こちらの事情など、全く考慮せずに。

「彼女を表現する言葉はこちらにもあちらにも一つしかない——神だよ。そうだろう？　世界を一つ創ってしまえる存在を、他になんと呼ぶんだ」

神。天地を支配する者。世界の創造者。人智《じんち》を超えた者。東西、国家において解釈は様々だが、人類の超常者である点においては共通している。

「神、様？　あいつが？」

「そうだ」

「あの我儘《わがまま》で、自分勝手で、傲慢で、他人の事なんて知った事じゃないあいつがか？」

「神なんて、常に我儘で、自分勝手で、傲慢で、他人の事なんて知った事じゃあない」

それはそうかも知れないが。もう少し言い方というものがあるだろう。

一度、深く椅子に座り直した。いつの間にか前のめりになって有栖川を問いただしていたからだ。途端、熱い呼気が肺から噴き上がった。

「――正直に言おう。僕は混乱してる。だから喩《たと》え話にしよう、有栖川。例えば、君の言う事が全て本当だったとしよう」

「やっぱり、友人は頭が良《い》い。事実が許容量を超えた時、消化する術《すべ》を知ってる」

有栖川は頷《うなず》いて、僕の話を聞く態勢に入った。褒められようが、嬉《うれ》しさはまるでない。

混乱に似た痺《しび》れが思考を支配していた。

「僕の体質が偽物《にせもの》で、ルイナは神様で、あの世界が現実に存在するもう一つの世界だったとするなら。英雄は実在するし、あの世界の人々は生きてる。だっていうのにルイナの物語に常に振り回されてる上、ダイス目一つで何もかもがひっくり返るわけだ。そうして何よりあの世界は――滅びかけてる」

「その通りだよ――現在の魔導英雄、いいや、高瀬《たかせ》クレイリー。全てその想定の通り」

どうしてその名前を知っている。そう問いかけようとした瞬間。

喫茶店の風景が、変貌していく。

明るさは息を潜め、暗がりが周囲を支配する。深い、深い森の中。巨大な樹木が僕と有栖川を覆っている。

見た事がある。記憶がある。経験がある。これは、

「絶対の自然領域。神秘に包まれていた精霊と神話の生きる、深き森の女主人ベル・ダームの土地さ。一度は見ているはずだがね。例えば、夢の中とか」

そんなはずがない。こんな自然領域を僕は知らない。

けれど、呪いのような既視感が心臓を打つ。木の葉で霞《かす》みそうになる視界も、窒息するほどの濃密な大気も、日常から逸脱した魔的な気配も。

全身の血管から細胞に至るまで。全てが語っている。自分はここを知っている。

知らないのはただ一つ。目の前で悠然と、地面に座り焚火《たきび》にあたる男。

「君は、有栖川か?」

「そうであり、そうでない。ソレはお前の世界で名乗らせてもらっている名だ。彼女が作った世界、廃絶世界バリスノーンでの俺は——魔導英雄という役割を宛がわれていた。つまり、高瀬クレイリーが現れる前の魔導英雄と言えば分かりやすいか？」

「僕の前、って。そんな馬鹿な話が」

いいや、あるのか。魔導英雄という立ち位置は、僕がゲームを始める前からあったはず。ルイナの手によって、そこに僕が無理やり入り込んだならば。僕と入れ替わる前の存在がいたっておかしくない。

不思議な男だった。若者のようであり、しかしじぃっと見つめれば老人にも見える。世に絶望している風でもあり、しかして希望を信じているようでもある。世の中の矛盾がそこに佇《たたず》んでいるかのようだった。

彼はローブで目元を隠し、大きな杖《つえ》を横にしながら言った。

「滅びかけた世界。俺はそこに住まうちっぽけな英雄に過ぎなかった。ゆえに、智恵《ちえ》を求めて神により近しい精霊たる女主人ベル・ダームに問うた。創造神ルイナから、世界を守るにはどうすれば良いのか」

彼は自嘲するように口元を緩める。

「彼女は言った。——そんな手段などない。神は超然たる存在であり、我らの理《ことわり》から離れた存在だ。この世界を創り上げたように、この世界を潰す事は造作もない。彼女にとってそれは罪悪感すら覚えない行為だ。もし、彼女を止めるような手段があるとするならば」

「……するなら、ば？」

思わず、僕は彼の言葉のその先を促していた。正気ではなかった。異常だった。異常が空気となって僕の身体《からだ》に入り込み、血液と一緒になって全身に駆け巡っていく。

何が正常で、何が異常か。この場では、たった一人の人物を起点にしてそれが反転してしまっている。

「するならば。それこそ、彼女と同じ神に止めてもらうしかない。即《すなわ》ち、友人の世界の人間にね」

僕と彼の間に座する焚火が、ぼうっと強く火を噴いた。

「その通りだ。手段はそれしかない。彼女と同じ場所に立つ者にしか、彼女を止められない。だからここに来た。自ら魂さえ食い尽くす呪いの毒沼に身を投げ、転生の術に全てを懸けた。魔導英雄たる俺に出来るのは、他の英雄達のように戦う事じゃあない。彼らに勝機を与える事だからね」

そうして。——魔導英雄が、言葉を継ぐ。

「ここには魔物がいない、魔法がない、神は俺達を滅ぼそうとしない夢のような世界だ。けれどこの世界でも尚《なお》、彼女を止められる者はいなかった。彼女はこの世界で尚、特異者だった。性格の事じゃない。彼女は、例外なく特別なんだ。――けれど、止められる者を見つけた」

「待て、ちょっと待て」

「それこそ、我が友人というわけだ」

一秒たりとも、寸暇の間も待たず。魔導英雄は言った。その眼差《まなざ》しが、初めて僕の顔を貫いた。

「待て、違う。待ってくれ。止められる？　僕が？　どうしてだよ？　僕でなくちゃならない理由がない」

「友人であってはいけない理由がない」

「現実的に考えてあり得ない！」

「現実的でなければあり得るというわけだ」

「マジでふ、っざけんな――！」

そこでようやく、僕は地面に腰を下ろした。現状を受け入れたのではない。しかしこの異常の中で、一人正常である事が出来なかっただけだ。受け入れたくなくとも、呑《の》み込まなければならない事がある。

「俺は自ら死して、時間軸を切り離し神の世界へと合流した。だが、悔しい事に俺では何も出来ない。こうして友人に不条理に願う事しか出来ない。我らの世界を、救ってくれと」

魔導英雄は焚火の炎に輪郭を揺らされながら、瞳を炯々《けいけい》と煌《きら》めかせる。

何一つ飾られていない淡泊な言葉は、明確な鋭利さをもって空間を支配する。思わず、驚愕《きょうがく》に眼《め》を見開いた。一つの実感が胸に落ちていた。

彼は、決して嘘《うそ》をついていない。ただ、言うべき事を語っているだけ。

沈黙に浸された数秒。しかし僕にはその瞬《まばた》きほどの時間が、永遠の一瞬にも感じられた。

「……あの世界に生きている人間。ティレイアや、他の人間達も実は別世界の人間で、本当は生きてると、そういうわけだ」

「ああ、そうとも。誰もが今この時も呼吸し、希望を謳《うた》い、絶望にくれ、しかしそれでも尚生きている」

「僕にどうしろって」

「――簡単だ。神と戦い、世界を救うだけ。勿論《もちろん》、友人がそう望んでくれるなら」

簡単とは何だ、簡単とは。馬鹿を言ってくれるなよ。大それた事にもほどがある。第一、僕はそういったリスクや不安がある、先の見えない物語は大嫌いなんだ。ハッピーエンドが分かっているからこそ物語は安心できる。よりによってハッピーエンドになるかどうかは自分次第なんてあり得ない。世界の結末なんて、僕の手が全く届かない所で勝手に他人が決めてくれれば良い話。

今日までも、今日からもそのはずだった。

それに、どうして僕が他人どころか、全く別の世界の事情に首を突っ込まなければならないのか。情けは人の為《ため》ならずとは言え、異世界の人間の手を借りなければ助からない世界は、滅びるしかないのではないのか。それは運命だ。彼らは滅びるべくして滅びるだけなのだ。

だから彼らが滅びた所で——それは僕の知る所ではない。

けれど、

——我ら英雄が何故《なぜ》在るのか、忘れたとは言わせんぞッ！　人類を助け、国家を守護し、世界を鎮護する為に我らは在る。

——次の手が打てるなら、もう打っているとも！　だが、もう……駄目だっただけの話だッ!

断言をしよう。僕の幻視体質は、事実を誤魔化す為のものでしかなかった。だが、物語を愛する僕は嘘ではない。それは物語が美しいからだ。現実にはあり得ない理想、美徳、克己。それが物語の中には存在する。

現実の僕が報われないのは当然の事だ。僕は、決して美しく生きてなんていない。臆病で、大した智恵もなく、口だけは無駄に回る凡人。

だが、だからこそ。物語の中で美しく生きる者達が、懸命に努力をする者達が、血反吐《ちへど》を吐いている者達が、報われない事など許せない。ハッピーエンドを迎えていてほしいと願っている。

不意に、理解した。強く握り込んだ拳が、知らない内に汗をかいている。

何だ。僕は幻視なんて言い訳を使うまでもなく、もう随分と前にルイナの世界に陶酔してしまっていたんじゃないか。そうであるならば、結論は一つ。

バッドエンドなんて、認められるものか。彼ら、彼女らが報われない世界などあってはならない。

「聞いていいか」

「何でも聞いてくれ、俺達は友人同士だ」

どの口が言いやがる。

「ルイナに、全て教えてやれば良いんじゃないのか。君は神様だ、世界を滅ぼすのはやめてくれって」

「おすすめできない」

「理由は？」

有栖川《ありすがわ》は唇をほころばせる。

重大な事態を、そうと捉えない訓練を積んでいるかのようだった。

「端的に言うと、俺達の世界は、彼女の無意識に依存している可能性が高い。簡単に言うなら、あの世界は彼女の夢というわけさ、友人。彼女の想《おも》いの中で揺蕩《たゆた》い踊る泡沫《ほうまつ》の世界。彼女が意識を向けた瞬間、あの世界全てが吹き飛ぶ可能性だってある。流石《さすが》に俺も、その責任は負いかねる」

たとえそうはならなかったとしても。彼女が自分の世界に押し潰される可能性だってある。そう、有栖川は付け加えた。

確かに、一つの世界の行く末を丸ごと両肩にのせられるなんてのは、僕ならどう考えても遠慮したい。

ルイナに全て告げてしまう、なんてのは最終手段か。

「じゃあ、もう一つ。君は、どうしてそうまであの世界を救いたいんだ。自分一人だけなら、もうこうして助かってるだろう」

「ハッハッハ、簡単だとも。俺は好きなんだ。俺が生まれ、彼女が生み出した世界が。たとえ、壊れかけであってもね。良《い》いかい友人。誰かを愛したり憎悪《ぞうお》するなんて、簡単な事さ。でもね、本当に大事なのは世界を愛する事だよ。世界への愛は、即ちその世界の全てを愛するのに等しい」

「そうかよ」

実に、魔導英雄――有栖川らしい答えだ。

数秒、時間を置いた。けれど、口から出る言葉は決まっている。

僕なりの、僕らしい答え。

「――分かった。簡単にやってやる。ルイナが神様の一柱なら、僕は唯一神様だ」

「――素晴らしい答えだ。友人ならば、そう言ってくれるだろうと確信していたよ」

瞬間、目の前の光景が再び変貌する。

場所はただのカフェ。時間は先ほどから一分程度しか進んでいない。そうして、テーブルを隔てて座るのは魔導英雄ではなく有栖川。雨が降る音だけがカフェの中に響いていた。

「白昼夢だったか」

「そんなわけないと分かっているだろう。相変わらず小賢《こざか》しいな友人は」

「楽そうな道があるならそっちを選びたいもんだろ」

「楽な道が正しいとは限らないものだよ、友人」

「高々正論を、偉そうに言うなよ」

「そうだな。俺達は正論では語れない事をしようとしている」

有栖川はすっかりホットコーヒーを飲み干して、追加のサンドイッチを注文した。ここのサンドイッチは美味《うま》いのだが、出てくるまでやけに時間がかかるのが特徴だ。

「じゃあ友人、陰謀を企てるとしよう。神を超える為の、世界攻略のためのね。仲間達のキャラクターシートは、ちゃんと把握しているか？　戦術を練るには、まず情報からだ。英雄の情報は勿論、敵さえも知り尽くさなければ勝利は得られない」

頰を歪《ゆが》める。

「ああ勿論、勝利してやる。それもベターエンドじゃない。全部手に入れてのハッピーエンドだ」

「強欲だな、友人」

有栖川は、笑みを浮かべながら、顔を傾ける。やけに綺麗《きれい》な表情だったのが、やや腹立たしい。

「ああ、そうそう。ティレイアについては、一つだけ忠告がある――」

＊

子供の頃、他愛もない空想を繰り広げた覚えがある。

本や漫画、ゲームといった物語の内に生きる人々は、本当にその世界で生活をしているのではないだろうか。

物語として切り取られているのは彼彼女らのワンシーンでしかなく、そこに該当しない物語もまたあるはずなのではないか。

無邪気で、他愛のない。子供らしい誇大な空想。しかし今も、その考え自体は嫌いじゃない。

そちらの方がより物語を美しく感じるからだ。僕にとっての価値判断は、ある意味そこが一番かもしれない。

けれども。

本当に物語の延長線上に人々が暮らし、その生死が隣に横たわっているのだと知らされれば、話はまるで変わってくる。空想は、空想であるからこそ楽しいのだと実感させられる。空想では常に持ち主に都合よく振る舞ってくれるからだ。

「おや、殊勝な心掛けだな。待ち合わせ時間前に来るとは」

「……お前は何時に来てるんだ、おい」

朝の七時。待ち合わせ時刻は七時半だったから、きっかり三十分前の到着。場所は学校の校門前。

今日は土曜日だが、部活動をこなしている生徒たちは当然のように学校に顔を出す。その為に校門が開放されるのがこの時間なのだ。

「さぁ。だがまぁ、私とした事が少々気が焦《あせ》ったようだな」

「何かあったのか？」

校門前から、並んで部室まで歩く。ルイナは手元からくるりと鍵を見せた。平日の内に、部室の鍵を拝借しておいたらしい。

「いいや。楽しみだっただけだ」

「楽しみ？」

「ああ」

ルイナの口から漏れるとは思えなかった言葉に、目を瞬《しばたた》く。思わずオウム返しにすると、彼女はけらけらと笑った。

「この物語は、私だけのものだったからな。誰かと休日に出てまで続きをするのは初めてだ。楽しみにしたっておかしくないだろう？　高瀬《たかせ》、お前はどうなんだ」

珍しく、素直な言葉でルイナが言った。

ううむ。そうも真っすぐに言われてしまうと、普段小賢しい、性根が曲がっていると評価される僕も言葉を濁しづらい。

「そりゃまぁ、そんな気がしないでもないな」

思い切り濁したわ。

「ハハハ、ツンデレだな高瀬は」

「女が男に言う事かよ」

「何を言う、ツンデレ系美少年など、少女漫画には幾らでも出てくる。むしろありふれてるぞ」

少女漫画とか読むんだこいつ。

そんな他愛もない話をしていれば、あっさりと部活棟の一角に辿《たど》り着く。当然、テーブルは昨日帰った時のまま。そういえば、今日は久しぶりに晴れたな。

そう思い窓の外の日差しに目をやったが、それがいけなかったのだろうか。またぽつ、ぽつ、と雨音が聞こえ始めた。

「丁度良いタイミングだった。雨の中、室内で遊戯に耽《ふけ》るのが私は好きでな」

まさか、毎度雨が降っているのはこいつの所為《せい》じゃないだろうな。

天候まで操り始めたら、本当に神様じゃないか。

部室のドアをしっかりと閉じ、テーブルの上にフィールドマップを広げた。不甲斐《ふがい》ない事に、その瞬間に心臓が動悸《どうき》を打った。

これから、この世界に飛び込むのだ。幻視などではない。そしてその運命の一端は、僕が握っている。不思議な気分だ。到底受け入れがたいほどに嫌悪《けんお》感があるのだが、頻に熱いものが浮かんでもくる。

「では、高瀬。英雄譚《たん》の続きを始めよう」

「英雄譚ね。正直言うと、僕はいまいち英雄とか、ヒーローとかってのはピンと来ないんだけど」

「む。興を削《そ》ぐような事を言うな！　古来、歴史を切り開く者は英雄と呼ばれる者だ。お前のように愚鈍でも、英雄物語に思いを馳《は》せた事くらいあるだろう！」

「そりゃ勿論《もちろん》、なくはないけど」

政治、軍事、学問。どんな分野にも天才、英雄と言われる部類はいる。歴史を前進させ、時に飛躍させたのは間違いなく彼らなのだろう。

僕のような凡人では考えもつかない人間だったに違いない。

「でも、英雄ってのは色々いるだろ。この世界での英雄はどういう連中なんだよ」

「ん……そう、だな」

唇を鋭く尖《とが》らせ、今にも噛《か》みつかんばかりの勢いだったルイナが、途端に黙り込んだ。

動揺したのは僕も同じだ。ちょっとした雑談のつもりが、まさか本気で考え込むとは。

けれど、思えば当然かもしれない。ルイナが創り上げたこの世界は、英雄達の手で守られ、今この日まで命脈を保っている。プレイヤーとなるキャラクターは全てが英雄。

その彼らに対してルイナの思い入れが深いのは必然だろう。

たっぷり十分ほどはうんうんと唸《うな》りながら、ルイナはようやく口を開いた。

「言語化し辛《づら》い。英雄とは、英雄的に生きる者らだ。以上！　分かれ！」

「君に期待した僕が馬鹿だった」

前言撤回。案外ノリで生きてるかもしれないこいつ。

「ええい、拘《こだわ》るんじゃない！　早く始めるぞ！」

とっとと椅子に座り、ルイナと向かい合う。何時《いつ》もの定位置。

本当、休日の早朝から、僕は何をしているのだろう。別に、家にいたからといってどうにもならないのだけれど。

こほん、とルイナは喉を整えてから言った。

「——協力者たる王国は死を前にした午睡に揺蕩っている。しかし誰にでも安い平和を買う権利はあるものだ。前には魔の大軍、そうして夜天竜ヴリガスト。相対するは貴方達《あなた》たった四人。だが安心してほしい。貴方達にだって権利はある。空想、妄想、現実逃避を友に、葬式衣装で棺桶《かんおけ》で眠りにつくのは自由だ。おおよそ見るのは、悪い夢だが」

自分からダイスを握る。手の中で転がす。異世界の人間も、こんな僕の運勢に付き合わされていると知ったら絶望するだろうな。

テーブルの上に、ダイスを放り投げる。ぎゅるりと転がり、数秒経過してから目が出た。

——53。

僕にしては、悪くない。決して悪くないぞ。むしろ良い《い》。

「では、どうか良い夢を——高瀬クレイリー」

＊

「さぁ——どうする高瀬クレイリー。本当に奇襲が出来ると思うか？　貴様はどうするつもりだ。ご自慢の智恵《ちえ》を授けてもらおう」

前回から場面は継続。騎士英雄ティレイアが目の前で碧眼《へきがん》を僕に向けていた。指先を軽く握る。感触は現実と変わらない。いいやそうか、今まで目を背けていただけだ。これほどの実感、体感、絶対に幻覚であるはずがない。

これは、もう一つの現実。異世界。僕らと同じ人間が生存する領域。

「む？　どうした貴様。ぼぉっとして」

「ん……ああいや、何でもない。奇襲が出来るかどうかだったな。その前に、まずカルロ、アドリエンヌ」

肌着だけを身に着けた痴女——鉄の舞曲カルロと、先ほどからぶつぶつとネガティブ言語を呟《つぶや》いている絶望主義者——妖精姫アドリエンヌへと視線を向ける。

逆にこいつらが現実に生きている存在だと思うと怖くなってきたよ、僕は。というか良いのか。こいつら本当に現実に存在しちゃって良いのか。

しかし、パーティの統率権限とこの世界の事を押し付けられた以上。彼女らの手も借りて、竜と魔軍を撃退しなければならない。

「君らのスキルを知りたい。何が出来て、何が出来ない。簡単で構わないよ」

キャラクターシートを見て、どの程度の能力で、どんな『伝承』を使えるのかは知っている。

けれど、やはり直接彼女らの口からも聞いておきたい。

「私のスキルならば、聞くまでもないでしょう。即《すなわ》ち、八面玲瓏《はちめんれいろう》のこの美しさッ！　それ以上にあるわけがありませんわ！」

「真面目に話せ！」

「大真面目ですわ！」

より悪いわ。

カルロはフリーワードで語らせれば、自分の美しさしか語らないナルシシストなのは承知した。大丈夫だ。昔から周囲に変人はいたからな。扱いは心得ている。

「そうかカルロ。前衛だと聞いていたんだが、君は戦闘では何もできないのかい？」

「何を言われますのッ！」

カルロが不服そうに眦《まなじり》をつりあげた。二房の赤髪がふらりと揺れ動き、噛みつくように犬歯を見せた。

「戦時における舞踏こそ私の本領ですのよ。私に傷をつけられる魔物などそうはおりません！　パーティの大盾ですわ！」

「……ヴリガストに炭にされたじゃない……」

「お黙りなさいアド！」

事前情報の通り、カルロは前衛でパーティの盾となるタイプか。

「カルロ。ヴリガストの炎が防ぎきれないのは仕方がない、どのレベルの攻撃なら受け止めきれる？」

悔しさを滲《にじ》ませた表情で、彼女が眉を上げる。

「——物理攻撃なら、絶対に受け止めてみせますわ。鉄の舞曲の名、伊達《だて》ではございません。全ての攻撃が、私の前では羽虫が止まったようなものです。脚を振るえば、砦《とりで》の一つでも私の鉄塊が崩落せしめてみせますわ！」

「最高だ。じゃあアドリエンヌ、君は何が出来る？」

「……私に出来る事などないさ……。ああ、余りの無力にこの場で消えてしまいた……いや消えるべきなんだ……」

「……」

こいつら本当面倒臭い。

「そうか、じゃあまず前衛は？」

「一層無理に……決まってるじゃないか……。私の耳が見えないのかい？　前衛をするエルフなんて、数えるほどだ」

アドリエンヌはさらりと緑色の頭髪をかきわけ、長い耳を見せつける。

「とすると、前衛よりは後衛の方が出来るわけだ。僕みたいに魔法が使えるのか？」

「無理だ無理だ……。魔力を操るのは魔法使いだけの特権、私が出来るのは安っぽい精霊術、加護くらいのものさ」

「加護、っていうと？」

「そう……。要は、人に力を貸し与えて、届かない領域にちょっと指を届かせるだけ……。それだけのくだらない術だよ。私の力じゃない、精霊の力を借りてるだけ……」

つまり、付与術士《エンチャンター》。時に攻撃の度合いを高め、時に防御の堅牢《けんろう》さを向上させる類の術式。

しかし余りにやる気がないのは問題だ。

言葉を選びながら、口を開いた。こういう自己評価が著しく低い相手は、他者の評価は著しく高い傾向にある。彼女の言葉を引き出すには、そこを突いてやるべきだ。

「ああ、精霊の力を借りてるのか。じゃあ君が成果を出せないのも君が悪いんじゃなくて、精霊が悪いんじゃないのかな――」

「――あ？　そんな事はない！」

「どうしてだ？」

「私は愚図でどうしようもないが……私の精霊《アードル》は最強だ。誰の精霊にも、負けない。私達が完全に消失せず、まだ灰で済んだのはこの子の力があったから……」

言って、アドリエンヌは右肩に着けている装身具を撫《な》でた。僅かに装身具の一部が明滅したように見える。金と銀で彩《いろど》られた、華奢《きゃしゃ》な彼女には似合わない大きな装備は、精霊の住処《すみか》なのだろうか。

よろしい。性格は摑《つか》めた。

最後に、ティレイアにちらりと視線をやった。彼女は得意げにしながら碧眼を輝かせている。

「私か、良かろうッ！　私に出来る事となれば――」

「いや、お前は分かってるから良い」

「何をぉ⁉」

ティレイアが優秀な前衛なのは分かっている。ヴリガストの相手は困難でも、魔軍相手に引けは取らないはず。むしろ気になるのは、別の事。怒りを露《あら》わにして口を開くティレイアを横目で見る。

有栖川《ありすがわ》の言葉を、脳裏に思い出していた。

――ティレイアについては、一つだけ忠告がある。決して、彼女から注意を逸《そ》らしてはいけない。彼女だけは、明確にあの世界の住人というわけではないからね。

目を細める。軽く手を叩《たた》いて三人を見た。

「おおよそこちらの戦力は分かった。ティレイアの言う通り、ヴリガストの巣に入り込み奇襲で寝首をかくのは困難だ」

「そうとも。私の言った通りだろう！」

「だが奇襲は行う」

「何故《なぜ》⁉」

僕の言葉に反応したのは、流石《さすが》にティレイアだけではなかった。カルロとアドリエンヌも、眼《め》を瞬《しばたた》かせて口を開く。

「奇襲って、あのヴリガストにですの？　状況は聞いていますけれど、アレの周囲には魔軍がおりますわ。流石の私も、魔軍を押しのけて尚《なお》気づかれずアレに近づくのは……」

「……無理、無駄、不可能。夜天竜の名は伊達じゃないよ、ヴリガストの配下は全てアンデッド。奴《やつ》の声に共鳴し、死して尚戦い続ける魔種の群れだ。奴が咆哮《ほうこう》する度に、幾らでも起き上がってくる……」

自信過剰のカルロですら、この反応か。まぁ実際、僕だってやりたくはない。そもそも、竜と戦うだなんて事自体が御免なのだが。

「奇襲ってのは、何も寝首をかく事が全てじゃない。要は、相手の意識の外を突いてやれば良いわけだ。ヴリガストも魔軍も、いいやこの国の連中だって思ってるだろうよ。この国も直《す》ぐに落ちる。男は殺され、女は嬲《なぶ》られ、子供は踏みつぶされ、また魔軍の養分が増える。それで終わりだってな」

一つ、確信がある。どうして僕の幻影如《ごと》きで、ヴリガストは撤退したのか？　この国が終わったと思ったのか？　念を押すならば奴は廃墟《はいきょ》に見える都市を更に踏みつぶすべきだった。そもそも、どうして単騎で襲い掛かろうなんてしたのか。

思惑は読める。奴は慣れているのだ。国は落ちるのが当然だと思ってやがる。勝利は兵士にとって最大の毒だという。三十八度も無傷の勝利を経て、ただの一度も油断をせずにいられるか。勝利するならば、幾ら魔種とはいえ、ゲームの登場人物ではなく現実に存在が当然だと思い込んでいるからこそ、奴は撤退したのだ。

「だから――奴らの度肝を抜いてやる。一度大敗すれば、そうは簡単に立て直せない。その隙に他の国家も取り戻す」

「……高瀬《たかせ》クレイリー。本気で言っているのか？　心の底から？」

ティレイアが、含むものがあるようにそう言った。

今更何を言っているんだこいつ。僕らの目的は、最初から最後までそこにあったんじゃないのか。

「当然だろ、ティレイア。ここから反撃開始といこう。もう頭の中に絵図は出来ている」

「なるほど。承知した。ならば、私は貴様の策に従おう。異論はない」

「慎重派の貴方《あなた》らしくもないですわね。良いんですの？　私は構いませんが！　私の美を理解出来る御仁ですので！」

「ああ、構わない。三十八度、ここまで敗北を続けて英雄の中には勝利を謳《うた》う者も少なくなった。せめて防衛を、と語るばかりだ。その中で勝利を謳おうというのだ、多少の大言壮語にも乗ってやるべきだろう」

「……二人がそれで良《い》いのなら、私は構わないさ……。私に自主性なんてものはないんだから……」

良い感じで纏《まと》まったのは良いのだが。ティレイアを含めてやけにきらきらとした目で見てくるのはやめてくれ。僕は期待されるというのが最も苦手なんだ。期待されないままに生きていきたい。

「じゃあ、方法についてだが」

「──おぅ。話し中にすまねぇな」

　ぎぃ、と扉を押し開けて教会の中に顔を見せたのはローランド神父だった。酒を飲んでいたはずの眼はすっかり鋭利なものに変わり、声にも重さが含まれている。

　何かがあったのだ。

「魔軍が皇都に近づいてると伝達があった。距離はまだあるが、今の防備では対応も出来ん。お前らしか頼れるもんがいねぇ、何時《いっ》も通りだ」

　ローランド神父は、吐き捨てるような様子で言った。英雄に反感を持っているのではなく、ただただ今の現状に嫌気がさしているという風だ。

　まぁ、僕だって気分は同じだ。

「偵察の報告じゃあ数は五千三百程。今の皇都じゃ、一瞬で陥落する数だな」

　そう、ローランド神父が口にした。なるほど、五十三。つまりそう言う訳か。

『襲撃する魔軍の兵数判定──53』

「神父、ヴリガストは？」

「いねぇぜティレイア。奴ら、一時的に都市が復活したと思ってるのかもしれねぇな」

　威力偵察も兼ねてのものだろうか。しかし、ヴリガストが有する兵力は総数で二万程度のはず。とすれば半分以下の数だ。やはり奴ら、こちらを舐《な》めている。

——チャンスだ。

「ティレイア。魔軍はヴリガストの配下が率いる魔種、アンデッドの軍勢だって言ってたよな」

「む？　ああ、そうだ。その上、傑出した魔種——『使徒』が将となって奴らを率いている。甘く見れるものではないぞ。全てが脅威だ」

ヴリガストは旗頭。実質的に魔軍を指揮し率いるのは使徒とやらの仕事か。使徒と言えば、本来福音を伝える為《ため》の伝道者のはずなんだが。

「今回来ているのが、どういう奴か分かるのか？」

「ああ、奴らは自分の姿を隠せるほど大人しくねぇからな」

ローランド神父が、斥候から受け取ったのだろう情報を言った。

「——殲滅者《せんめつしゃ》プラマーズ。創造神の指先が生み出した神の剣だ」

殲滅者とは、大層な名前だ。ネームド《名前付き》の敵キャラクター。ルイナが作成した以上、間違いなく一筋縄ではいかない相手のはず。軍勢と一緒に相手取るのは良策じゃないな。

十秒考えてから、言った。

「ティレイア、アンデッドの弱点を教えてくれ。それから、ヴリガストを殺す策を話す」

【Name】 カルロ

【Job】 鉄の舞曲

【Level】 22

【種族】 ラビット

HP：134　MP：43

筋力：12　器用：15　敏捷：15　精神：8

知力：3　信仰：1　幸運：5

【Skill】


『黒鉄の脚撃』

対象（単体）の防御力を無視（貫通）したダメージを与える。

"弾、火薬、砲台。大砲とは不便なもの。ラビット達は、ただその脚で同じ役目をこなす"

『獰猛なる魅了』

異常付与。効果範囲に存在する対象の攻撃目標を、自身へと強制的に変更させる。

"我を見よ、我が姿を見よ。恋とはそれから始まるのだから"

『鉄鋼の輪舞《リアド・ロンド》』（伝承）
効果範囲で発生した、全ての敵攻撃に対する回避判定を成功に変える。
使用回数はシナリオ一回。
"さぁ舞踏を演じよう。この世全てはお前の為の舞台"

【Sub Skill】

『自己礼賛』Lv5
"祝福しよう、称えよう、喝采を与えよう。誰でもない自分自身に。"

『頑迷』Lv2
"理想を貫き通そうとする余り、彼女はそれから外れた行動が取れない。
たとえそれが死を意味したとしても。"

『教養』Lv1
"教養は知っているからこそ、踏み外せるもの。"

第三章／神の反逆者

黒い煙が、夕闇の中に舞い上がっていた。

「いや、いやぁ⁉」

「来ないで、助けてぇ――！」

女子供の声が聞こえる。男手や戦える女は、早々に兵士として召集されてしまった。よってミシュレ星辰《せいしん》皇国の村落にいるのは、病人や子供、老人。戦う力を持たない者だけ。

もはや帰ってくるはずもない者らの帰還を、ただ待ち続ける者ら。

何、嘆く事はない。この世界においては所詮、先に死ぬか、後に死ぬかの違いでしかないのだから。

さぁ、彼らが死ぬ番が来た。

血飛沫《ちしぶき》が麦畑を染めていく。亡骸《なきがら》が農道に横たわる。子供の頭蓋が踏みつぶされた。

村落を襲うのは、悍《おぞ》ましいほどのアンデッドの群れ。彼らに思考はない。ただ指揮者の示すままに進軍し、村落を、人を、大地を蹂躙《じゅうりん》する。

「来るんじゃねぇ！」

勇ましい少年が、農具を深々とアンデッドへと突き刺した。一瞬、アンデッドの動きが止まる。人の形をしているが、眼窩《がんか》からは目が溶け落ち、身体《からだ》は腐りきっている。

亡者《もうじゃ》だ。

「……オ、ォ……」

「っ⁉」

しかしそれで尚、亡者は止まらない。農具によって身体が欠損しても、たとえ四肢が朽ちたとしても。地面を這《は》い歩く化け物たち。

少年は逃げられない。恐怖は彼が農具から手を離す事を許さない。そのまま、少年の頭は亡者の餌になった。脳漿《のうしょう》を零《こぼ》れさせながら少年が横たわる。村人は皆横たわっていた。

誰もが永遠の眠りについていた。

——そうして何時しか、彼らも夕闇の中に起き上がる。夜天竜とアンデッドの軍勢。その一員として。

「こんなものでしょうか」

アンデッド達の指揮者がぽつりと言った。

使徒——殲滅者プラマーズ。彼は兜《かぶと》を被《かぶ》りながら短い頭髪を僅かに見せている。中性的な声だが、体つきは恐らく男性。いや使徒には明確な性別がないとも聞く。

夕闇に照らされながら、アンデッドを率いる彼の姿は異様だ。一見はただの人に見える。両手に剣を持った様子は清々《すがすが》しさすらある。

しかしそんな人間が、異形の存在たるアンデッドを率いていることそのものが、異様なのだ。

彼はアンデッドではない。偉大なる神の従者であり、神の命を受けた災厄の下で剣を振るう使徒。

プラマーズの双剣が、引き抜かれ、宙を舞う。もうこの村に用はない。兵士の調達は出来た。

ならば、殲滅してしまえば良い。

「──では世の道理に従い、殲滅してさしあげましょう人類種」

閃光《せんこう》が地平線を疾駆する。次の瞬間には、プラマーズは自らの双剣を鞘《さや》にしまった。もはや、用はない。

──村落は、ただその一振りで全てを失ったからだ。

家屋は崩壊し、麦畑は炎に塗《まみ》れ、家畜小屋は消し飛んだ。人類種の文明を悉《ことごと》く殲滅する神の剣は、満足そうに頷《うなず》いた。

「滅べ、亡《ほろ》びなさい人類種。神の名の下に、使徒プラマーズが代行いたします」

アンデッドを率いながら、夕闇の中をプラマーズは行く。その先にあるものは、ただただ滅びのみだった。

＊

パスカル＝ホールドグレイ。ミシュレ星辰皇国、三大貴族の一角を司《つかさど》る当主。その肩書も今ではどこかみすぼらしい。他の二大貴族はすでに国外へ亡命し、中小貴族もそれに倣《なら》った。今この国に残っている主要な貴族は、ホールドグレイ家だけだ。

パスカル本人も、元々当主になる予定はなかった。ただ『運悪く』、この状況下で候補が彼しかいなかっただけ。

当初こそ忠義の心を燃やしていた彼だが、今や残るのは意地と国外に逃げた者達への意趣返しのみ。

せめて国内で、忠臣として死んでやろう。

かろうじて形を残した都市外郭に位置する城壁の上から、パスカルは魔軍を見ていた。間もなく陽光が消え去り、世界が暗闇に溶けようとする中。

彼らは来た。

使徒――殲滅者プラマーズが率いる魔軍の姿は、もはや幻想的なものさえ感じさせる。動く死体となって這いずる兵がいる。骨の姿で空を駆けまわる鳥が嘶《いなな》いた。生霊《いきりょう》が青白い炎を瞬《また》かせて、彼らを先導する。

――五千を超える軍勢の中には、かつて同胞だった者もいるに違いない。

ミシュレ星辰皇国が保有する最後の切り札は、皇女エーデルハイトの大魔法。星辰を操り、地上の悉くを睥睨《へいげい》するソレ。しかし万が一それを振るっても、死者の軍勢には意味がない。彼らは当然のように再び立ち上がり、我らを殺すだけだろう。

もはや切り札は使う意味さえ失われた。勝利は勿論《もちろん》、助かる手立てさえない。ならば後は、如何《いか》に死ぬか。

パスカルは一瞬、瞼《まぶた》を閉じた。身に着けるは白色の鎧《よろい》。手にするは国家が保持する名剣。二百に満たない兵を率い、守護将軍として彼はアレと戦わねばならない。

かつては誰もが羨んだ肩書も、今では貧乏くじに成り下がった。しかしパスカルは、自らこの肩書を望んだのだ。

「どうせ、もう終わりだ。それなら、自分が勇敢であったと信じたい」

ぽつりと、部下には聞こえないようにパスカルは呟《つぶや》いた。

「ホールドグレイ閣下。英雄殿達が見当たりません！　今、都市内を捜《さが》させてはいますが……ッ！」

「構わない。どうせ、同じだ」

「は……っ？」

部下は困惑した表情だったが、パスカルは二の句を継がなかった。

英雄が来れば、状況は多少マシになるだろう。しかし良くて、魔軍を一度押し返せるくらいだ。それ以上はない。

今まで英雄が使徒を殺害できた事はなかった。逆の例は幾らでもあるのにだ。即《すなわ》ち、英雄を呼んでも、呼ばざるとも行き着くところは同じ。

処刑台の前で恐怖に震える時間を、少しでも短くしたいと思うのは人の本能ではないだろうか。

処刑の刃は、すぐそこにまで迫っていた。

声が、響き渡る。

「――偉大なる神の使徒、殲滅者プラマーズが告げる。創造神ルイナの名の下に傅《かしず》きなさい人類種よ」

「――守護を任じられているパスカル＝ホールドグレイという。もしも傅けば、我らは救われるとでも言うのかね」

一抹の願いを込めて、パスカルは言う。城下から、プラマーズはすぐに応じた。

「無論、救われるでしょう」

その声に、城兵がざわめいた。今まで絶望しかなかった胸中に、僅かな希望が垂らされた。

しかし、パスカルだけは慎重に目を細めている。プラマーズが言葉を続けた。

「神の名の下、諸君の魂は新たな世界の礎《いしずえ》となるのです。何と喜ばしい事でしょう」

話が通じない。これは、創造神側につく者らに共通する事柄だった。彼らと人類種では、哲学が違う、思想が違う、何より価値観が違う。彼らにとっては、神の意思に沿う事が第一であり、自らの命すらも価値あるものではないのだ。

価値観が違う者同士で、話し合いが通じるはずもない。

兵士達の落胆の声。もう、殺し合いにしか決着はなかった。

「では、我々は受け入れない。我々にとって、生こそが最も喜ばしい！」

「そうですか」

プラマーズは、両手に持った剣を構えた。まるで軽く腕を広げるような姿だった。

ああ、来るぞ。

パスカルは喉を鳴らした。城兵二百名の意思が、幾分の差異もなく統一されていく。明確に、明瞭に、誰もがプラマーズ一人の動きに慄《おのの》いていた。弓を構える者がいる。城門を守護しようとする者がいる。けれど、誰もが震えていた。

当然だ。そこに、形を持った死が来ているのだ。

「残念です、愚かな人類種たち――」

欠片《かけら》も残念ではなさそうな声の響きで、プラマーズは言った。

「我が名は、殲滅者《せんめつしゃ》プラマーズ。終わるべきものが、終わらないままにある事を許容しない。終わるべきものは、一切の躊躇《ちゅうちょ》なく踏みつぶされなければならない」

怒号も、咆哮《ほうこう》もない。プラマーズは、ただ二振りの剣を振り上げただけ。余計な動作もないただの一挙動。

それそのものが、空間を軋《きし》ませた。吸い込まれるような剣の銀光が、世界で最も偉大な輝きに見える。まるで世界そのものを切り刻まんとする傲慢さと純粋性。しかし、それは強《あなが》ち誤りではない。二振りの剣に、この場の魔を全て食い尽くしたとでも言う程の、暴力的な魔力が溢《あふ》れている。

「では、また会いましょう、諸君。伝承――解錠。『陽光を断絶する剣《ラマーナ》』」

剣が、振り落とされる。これこそは、プラマーズが誇る伝承。神の剣として、陽光すらも斬り裂いた証《あかし》。即ち、彼に両断出来ぬものなど存在しない。

夕焼けの陽光が消え、夜が——来る。

瞬間、魔の閃光が城壁を駆け抜けた。都合、十三度。いいや、パスカルに数え切れたのがそれだけだった。

どれほど偉大で、どれほど無尽か。使徒の力量を、人間如《ごと》きが測れるはずもない。人間の常識も、非常識さえも、使徒は軽々と超越するのだから。

その証拠として、皇都が誇る城門が、プラマーズの斬撃によって息をつく間もなく崩壊していく。

誰もが息を呑《の》んだ。攻城兵器でもなく、物量による圧壊でもなく、斬撃による城門破壊など耳にした事さえない。

城門があれば、多少の時間は稼げるはず。プラマーズを前にして、そんな思考をする事自体が間違いだ。

彼にとっては門も——そうして城壁さえも、障害にはならない。

パスカルは、足元が崩れ始めているのを知った。あの魔たる斬撃は、城門だけではない。城壁そのものを両断していたのだ。

「畜生……ッ」

もはやパスカルも、兵もまともに立っている事が出来なかった。十数秒の後に、全ては崩れ落ちる。死ぬのは分かっていた。しかし、敵の手にかかって死ぬのではなく、よもや城壁そのものを崩され墜落死するとは。どうしようもなく、敵はこちらなど眼中にないのだ。

眼中にあるのは、それこそ——英雄だけ。

ここで死ねば、アンデッドに蹂躙《じゅうりん》される祖国を見なくて済む。それに早いか遅いかの違いだ。どうせ、同じ結末に終わるだけ。ならば、何も違わない。けれどパスカルは、声を出していた。

「畜生——ッ！」

涙が、零《こぼ》れた。これで終わりか。俺が生まれ、全てを捧《ささ》げた国は。愛した者も、憎んだ者も、誰一人守り切れず。理不尽に、意味もなく、何も得られず。

ただ、死んでいくのか。

同時、音が鳴る。まるで、神の賽子《さいころ》が投げられたかのような、乾いた音。

「——精霊共鳴。祈り、讃《たた》え、喝采なさい。我らが強大なる祖よ、力なき者にこそ、穏やかなる力を——ッ！」

城壁が、翠《みどり》の色合いに包まれる。森をイメージするような、新緑の匂い。戸惑う暇も、理解する余裕もパスカルにはなかった。ただただ、先ほどまで足元で震えていた城塞が、その動きを止めた。

何故《なぜ》。

「一時的な処置だ。早く避難した方が良《い》い。アドリエンヌが城塞を無理やり『強化』しているだけだからな。無機物へのエンチャントは難しいらしい」

パスカルの疑問に答えるように、隣に人影があった。咄嗟《とっさ》に振りむく。

しかし、予想はついていた。

魔導英雄、高瀬《たかせ》クレイリー。大きな杖《つえ》を持ち、ローブで隠れた横顔はよく見えない。傲岸不遜。皇女にすら敬意を払わず、一切の遠慮を知らない。ただ、自分の意志だけを煮詰めたような人間。それが、パスカルから見た魔導英雄の評価だった。

「すまないね。本当はもっと早く来るつもりだったんだが。『魔法』を一つ使っていたら。こんなタイミングになった。皇女にも会えずじまいだし、散々だ。だが敵の前だと失敗の可能性もあるが、一先《ひとま》ず安全な街中なら成功確率も高まる。良い案だと思わないか？」

「魔導英雄殿、何を……？」

「ああいや、こちらの事だ。後で貴方《あなた》にも話す。今は早く避難してくれ。本当にそう長くは保《も》たないぞ」

翠の光は綺麗《きれい》に夜闇を照らしていたが、確かに時折明滅している。第一、無機物へのエンチャントなどパスカルは聞いた事がない。これそのものが一つの奇跡、即ち英雄の起こす御業《みわざ》。

「無理だ無理だって連呼してたのに。精霊を引き合いに出したらこうやって出来るんだから、英雄は英雄だよなぁ、アドリエンヌも」

「——かしこまりました。部下とともに避難します、魔導英雄殿。感謝を。……殲滅者を、撤退させられるでしょうか」

「撤退？」

祝勝会での諍《いさか》いはパスカルの頭から吹き飛んでいた。他方、魔導英雄もさして気にしていない様子だった。不安から出たパスカルの声をくみ取って、彼が言う。

「ハハハ、別に僕らはアレを撤退させにきたわけじゃあない」

「……それは、どういう」

パスカルの疑問と同時、城門があった場所から、一つの影が弾丸の如き速度で飛び出した。鉄と鉄が結合する音が、周囲に鳴り響く。

黄金の流麗が、アンデッドの軍勢を飛び越えて空を駆けていた。雑魚《ざこ》の相手など、魔剣の奏者には相応《ふさわ》しくない。騎士英雄ティレイアが狙いを付けるのは、殲滅者プラマーズただ一体。

魔導英雄が、笑みを浮かべていた。パスカルは避難を指示しながらも、一瞬、その笑みに違和感を覚えた。それは、英雄が浮かべる類の笑みではなく、むしろ。

彼が、再び口を開く。

「――僕らはアレを、倒しに来たのさ」

＊

「ハァ、ァアアアア――ッ！」

ティレイアが咆哮と共にプラマーズへ接敵し、魔剣を振るう。

直接彼女の剣技をこの目で見るのは初めてだ。アドリエンヌの『強化』が発する光が、灯《あか》り代わりになってよくみえる。

城壁の上、遠く離れた所からでも言える事があった。

――言語に絶するほど、綺麗だ。

もはや夕闇の黄昏時《たそがれどき》は終わり、空には夜が溶け落ちている。その中でさえ、彼女は輝いて見えた。

相対する殲滅者プラマーズは二振りの銀剣を振るい、眼《め》にも止まらぬ速度でティレイアの急所を狙う。僕では、その速度を視認する事さえ不可能。ただ、銀色が動いたという風にしか思えなかった。

だがティレイアは違う。完全に見切り、足首を駆動させ、その身軽な身体《からだ》を生かすように宙へと躍動して再び魔剣を返した。

不覚ながら、ある種の芸術を見ている気分にすら陥ってくる。

しかし、見惚《みと》れている場合ではなかった。

「ちょっと。見惚れるなら私ではありませんの！」

「何を言ってるんだ君は！」

鉄の舞曲カルロは、アンデッドの軍勢を前にしても何ら変わりはない。ある意味、こういう精神性でなければ英雄はできないのかもしれなかった。

「それで、どうして私も城壁に上がらないといけませんでしたの。前衛たる私は、ティレと一緒に戦うべきでは？」

「相手がプラマーズだけなら良いんだが、軍勢がいるからな」

アンデッドの軍勢五千三百。それが今盛大に動き出していないのは、プラマーズの指示がないからだ。しかし僕が彼の立場で、ティレイアに足止めされたなら間違いなくすぐに手を打つ。

眼下に目をやる。二合、三合——即座に十合以上。それ以上は数え切れない。しかし、ティレイアとプラマーズの実力が拮抗《きっこう》しているのは事実だ。時折間合いを取る瞬間はあるが、互いの技量と膂力《りょりょく》は神話の物語そのもの。僕であるなら、一秒と保《も》たず殺されているだろう。

「——流石《さすが》は、創造神と最も親和性の高い神造英雄、ティレイア。残念です、貴君《あなた》とこうして切り結ばねばならないのは」

「ふん、戯言《たわごと》を」

「いいえ、残念ですよ。本当に。しかし所詮、貴君は騎士でしかない」

言って、プラマーズは跳躍し、数歩分の間合いを取る。そうして、軽く手をあげて、宣告する。

「魔軍に告ぐ。全軍前進せよ、皇国を、墓場の下に沈めなさい！」

「——ガァアッ！　ギァァアア！」

亡者《もうじゃ》の群れが、蠢《うごめ》く。空を飛ぶ骨鳥が叫んだ。

プラマーズは、取るべき手段を取った。自分と英雄が拮抗しているのならば。軍勢そのものは侵攻させてしまえば良い。彼らの勝利条件は英雄の撃破ではなく、都市の陥落なのだ。

「ッ！　卑怯《ひきょう》なッ！」

「卑怯とは思いません。我らは我らの勝利の為《ため》に死力を尽くす。貴君もそれは同じでしょう」

プラマーズは加える。

「そのような半端《はんぱ》な覚悟だから、敗北を重ねるのでは？」

「貴様、ア――――ッ！」

剣戟《けんげき》が鋭さと勢いを増す。ティレイアは怒りがそのまま剣の切れ味に繋《つな》がるタイプらしい。

「プラマーズの相手は任せろと言ってたが、手の平で踊らされてるな」

「あの子は少々、真面目すぎますの。私やアドのように、自分勝手さがないんですわ」

「そうだな。君は未《いま》だに鎧《よろい》を着てないからな」

「私の肌を隠すなど、世界の損失ではないですの！」

兎耳《うさぎみみ》をぴょこんと立てながら、堂々と胸を張ってカルロが言う。君がそう言うのならば、良い。

「まぁ、真面目なのはそうだな。それに強い。だから真正面から当たって当然と考えている」

「あら、御仁は違いますの？」

「勿論《もちろん》」

魔軍を見た。奴《やつ》らがこちらに来る。来る。

——未《ま》だ形を保っている門を通ろうと、やってくる。

指を鳴らす。

「僕は弱い。だから汚い手や卑怯な手を思いつくし、取って当然だと思ってる。良し、アドリエンヌッ！」

『っ、はぁ——っ！　やっと、かい⁉』

翠色《みどりいろ》の魔力から声が響く。これらは精霊の加護だが、全てアドリエンヌに直結していると言って良い。彼女は都市内で魔力のコントロールに集中してもらっているが、会話が出来るのは僕ら全員が彼女の魔力を纏《まと》っているからだ。

「そうだ。兵の避難も終わった、もう加護はいらない」

『ああ、良かった……ゴミ屑《くず》の私でも少しは役に立てた……』

「いやまだこれからだぞ」

『無理、無駄、不可能……私には……』

「そうか。君についてる精霊も随分情けないな」

『あぁあ!?』

「偉大な精霊だって言うなら、困難の一つや二つ平気で乗り越えられるだろ？　ポンコツな精霊を連れてると苦労するな」

『ふっ――』

ふ？

『――ざけるなお前ェエッ!?　私の精霊は、アードルは地上最強だボケェッ！』

長い溜《た》めだ。

しかし、アドリエンヌは複雑な性格をしている。自分への評価が過小だからか、それとも精霊に依存しているのか。どちらにせよ、悲観的なだけの英雄よりよっぽど良い。

「なら次の手も頼んだ。最強のアードルを見せてくれ。手筈《てはず》は言った通り、着地と同時だ」

『……っ、ぐ。私はお前が、大嫌いだ。とてもとても嫌いだ！』

「そうか？　僕は君と話すのは嫌いじゃないがね、案外」

罵詈《ばり》雑言。最初は元気がない奴だと思ったが、元気だらけじゃないか。これだけの気力があるなら、あと数度は踏ん張ってくれるはず。

アドリエンヌの罵倒が一頻《ひとしき》り終わると、不意に周囲を覆う翠《みどり》の色が消え去る。『強化』のエンチャントが消え、加護が去った証拠だ。これでもう城壁を支えるものは文字通り存在しない。今はまだ加護の残滓《ざんし》のお陰で踏ん張っているが、あと数分と経《た》たずに自壊する。

だが、もっと早くに壊れてもらう。

眼下を見た、ぞろぞろと調子にのって、「アア」「ガギ」と声にならない声を響かせた亡者の群れが歩いている。今にも城門をくぐり、都市へ潜入しようともがいていた。

亡者の中には、明らかに兵士だった者がいた。かつてこの都市を守る為に戦った者もいただろう。ただ殺された無辜《むこ》の村人だった者もいるだろう。

纏めて、墓場に埋めてやる。

「カルロ。君は言ったな、『砦《とりで》の一つでも私の鉄塊が崩落せしめてみせますわ』と。なら、出来るな？　今、ここでだ」

「……驚きました。魔法使いは変わっているとはよく聞きますが。アドといいティレといい、貴方《あなた》、人を乗せるのが上手《うま》いんですの？　指揮官といいますか、扇動者といいますか」

「御託は良《い》い。出来るのか、出来《い》ないのか？」

「あら」

にっこりと、美麗な笑みを浮かべてカルロが頬を緩める。しかし、どこか戦慄を含んでいた。有り余る怒気と感情が、兎耳を張り詰めさせている。

ぎゅるりぎゅるりと、黒色の魔力がカルロの両脚を巻いている。

「本当に、乗せるのがお得意な御仁ですこと。良くって？　出来るか、出来ないか。――出来ないと答える者は、英雄たりえません」

瞬間、カルロの両脚に現れたものは細く美しい彼女の肢体には決して似合わない黒鉄の巨大具足。片脚にしているそれ一つが、彼女の顔より遥《はる》かに大きい。具足を自在にくるりと振り上げ、カルロが眦《まなじり》をつり上げた。

「対敵ディアノ神具装着、魔素充足完了、高速起動了承。動かないでくださる？　実は私少々、乱暴でしてよ――ッ！」

巨大な黒色具足が、音を食い殺す速度で真っすぐに城壁へ叩《たた》き落とされる。

人が見上げるほどの城壁。本来ならば人一人が、高々蹴りを突き入れただけでびくともするはずがない。けれど今、城壁は殲滅者《せんめつしゃ》プラマーズによって破壊尽くされている。すでに崩落寸前、その上――貫く脚は鉄の舞曲カルロの鉄脚。

設定上、大砲に匹敵する威力であるはず。

だが、間近でそれを見た僕の感想は違った。陳腐な表現をするならば――それこそ対戦車ミサイルが城壁に着弾したのと同等。

彼女の脚撃は城壁の上部から、下部に至るまで『貫通』した。プラマーズの破壊を受けずとも、城壁の根幹を抉《えぐ》り取っている。

「な──ぁッ⁉」

モノクロの明滅が視界を覆った。衝撃が目の前に着弾した時、人の視界は色を失う。不味《まず》い。死ぬ。こんな事で。他の連中は英雄であっても、僕は魔法が使えるだけなんだぞ。読み間違えた。

崩落、崩壊、瓦解《がかい》。ゆったりとしたものではなく、雷が天から落ちるほどの速度で城壁が崩れ落ち、通り抜けんとした不埒《ふらち》な魔物を呑《の》み込み尽くす。まるで最後に、外敵からの防御という最大の目的を真っ当せんと言わんばかり。

亡者を、かつて人間だったものを、獣の亡骸《なきがら》を呑み込み。瓦礫《がれき》によって五千三百の兵を足止めした。

「──だから言ったではないですの、動くと危ないですわと」

身体に覚えるのは浮遊感。瓦礫が遥か遠く見える。カルロが、僕の身体を抱きかかえながら跳んでいた。普通ならば自然落下するはずなのに、まるで羽があるように彼女の跳躍は軽い。

「……君、性格悪いだろ」

「ええ。しかし、御仁が仰《おっしゃ》いますの？」

自分の性格が悪いからと言って、他の誰かを性格が悪いと罵ってはいけない決まりはない。自分の事を棚に上げたがるのが人間の習性だ。

「それで、ここからが本番というわけですわね」

「ああ、僕は直接戦闘はからっきしだ。だから、頼んだ」

「軽く言います事。ええ、ですが。任されましたわ」

言ったと同時、カルロは俺を抱えたまま、丁度プラマーズと魔軍の間に出来た隙間に飛び降りた。

魔軍は一時混乱状態。道を失い、仲間の一部は崩落した城壁に食われた。無論、瓦礫を押しのけて都市への進攻は可能だ。

しかし、彼らの本能に動揺が生まれた一瞬の空白地帯に、カルロは来たのだ。

瞬間、アドリエンヌの声が響く。

『精霊共鳴ッ！　祈り、讃《たた》え、喝采なさい！　英雄よ、汝《なんじ》、騒乱せよ――！』

タイミングは完璧。着地と同時だ。翠色の魔力が、カルロを覆い尽くす。それは『強化』とは異なる、『増幅』のエンチャント。

壁役となるべきカルロが持っているスキル効果を引き上げるためのもの。

「完璧ですわ、アド。ご存じでして？　アンデッドの皆様方。英雄とは常に引力を持つ者ですの。視線を、喝采を――そうして敵を」

ティレイアの背中を守るような位置で、アンデッドを睥睨《へいげい》しながらカルロが強く息を吸い――刹那で弾《はじ》けさせる。

「――――ァァァァァアアアアアアアアアアッ！」

獣の遠吠《とおぼ》え。そう呼ぶには余りに荒々しい。猛々《たけだけ》しく、まるで絶叫に等しかった。しかしその異様な咆哮《ほうこう》は、一つの効果を生む。

――亡者《もうじゃ》の群れが、視線を瓦礫から反対側のカルロへと変えていた。

我を見よ、我が姿を見よと言わんばかりの、カルロの咆哮は彼女のスキル『獰猛《どうもう》なる魅了』。『魅了《チャーム》』の一種だが、これはより本能的に敵を惹《ひ》きつけるためのものだ。その威力を、アドリエンヌの『増幅』によって底上げした。

効果は――。

「ガ、ァア！」「ギァァ！」「ギ、グ」

――有り。瓦礫で足止めをされた亡者が、ほぼ全て惹きつけられた。

無論、ここからこの軍勢をカルロが盾となって受け止めねばならない。

　カルロの脚が煌《きら》めく。一瞬の内に、アンデッド四体の頭蓋が弾けた。

「……さて、信じて良いのですわね。クレイリー様？」

「ああ、するのは時間稼ぎだ。あと、七分だけで良い。ティレイアも、いいなッ！」

「今更聞くな。貴様の策を呑んだからここにいるのだ」

　言いながらも、ティレイアは振り返らない。殲滅者プラマーズの剣を受け止め、即座に手首を返して斬りかかる。斬撃の応酬は相変わらず、僕の視線で追えるものではない。

「魔導英雄――貴君《あなた》が、ですか。しかし少々、遅きに失したのではありませんか？」

「いいや、ちょっと早すぎたくらいだ。国家が残り一つになってから来た方が盛り上がった」

「馬鹿を言うなぁッ⁉」

　ティレイアが金髪を振り乱しながら声を荒らげる。敵の言葉を捻《ひね》り潰してやるのも戦術の一つだというのに。

　実際、余裕はない。ティレイアはプラマーズに釘付《くぎづ》け。カルロも何時までもは保《も》たない。それは城内から支援してくれているアドリエンヌも同様。

　しかし逆を言うのならば、遥かに数の多い強大な軍勢が攻め寄せてきた中で、拮抗《きっこう》に持ち込めたのだ。今この時だけは、天秤《てんびん》はどちらにでも傾く可能性がある。

必要な事は詰め切った。考え得る行動は取った。後は一つ、詰めの一手。

さて、運試しなどしたくないが。今はただ、時間稼ぎには何でもやるべきだ。

「――我は『四書』を標《しるべ》に導く者。汝は王冠を抱き統《す》べる者」

詠唱を始める。大杖《おおづえ》を掲げながら、魔力の光を先端で輝かせる。

「ならば汝、我が導きに従いて王国をここに示せ――ッ！」

痺《しび》れるような声が、頭蓋に響き割ってくる。

――成功確率、15％。

良いだろう、確率の多寡など問題ではない。詠唱を、一息に終える。

「『偽りの王国』」

周囲が、幻想に包まれる。それは、僕らにとって希望であり、彼らにとって絶望である光景。

即《すなわ》ち、朝日だ。たとえ偽りであったとしても、朝日に出会ったアンデッドは灰となって消え失《う》せる。故にこそ、昼間ヴリガストは単騎で王国を襲った。だからこそ使徒は、夕闇に混じって進軍した。

剣で突かれても死なず、命を失って尚《なお》死なない動く死者の唯一の弱点。

だが、どこか遠くで舌打ちが聞こえた気がした。

結果、判定。

——ダイスロール結果、98。ファンブル。

何とも、僕らしい。ここぞとばかりの致命的失敗。

——賽《さい》は投げられた。その結末を、貴方は受けねばならない。

ルイナの声。いいや、ここでは創造神の声か。

失敗の代償は、指から来た。パキリ、と人体からは聞き慣れない音がする。視線をやれば、僕の指先に亀裂が走っていた。指先から、右腕全体に広がっていく。そのまま頬まで。

偽りの幻影が消え去り、再び夜がやってくる。

「ぐう、ぁ、あああ!?」

無茶をして怪我《けが》をした事は何度もある。骨折をして病院に叩きこまれた経験も。しかし全身という全身から、血が噴き出していく経験は初めてだ。これが現実とは思いたくないな。

「高瀬《たかせ》クレイリーッ!?」

絶叫に、ティレイアが思わず一瞬視線をこちらに向けた。

プラマーズは淡々と、嬉《うれ》しがるでも残念がるでもなく呟《つぶや》く。

「——魔力の逆流による身体《からだ》の破滅ですか。貴君のような複雑な魔法の行使を失敗すれば、必然の代償です」

そうか、当然だ。何せ前には致命的な失敗によって、魔導英雄は死に瀕《ひん》したのだ。

血がとめどなく僕の身体から吐き出されていく。普通なら、ショック死してもおかしくないほどだ。大杖は失敗を強調するようにふらついている。

口からは内容物が逆流しそうだし、眼《め》は虚《うつ》ろになっている。いつの間にか立っていられなくなり膝をつく。

瞬間、プラマーズの双剣が月光に反射して輝いた。ティレイアの誇る魔剣を、一瞬上に撥《は》ね飛ばす。

奴《やつ》の視線が、僕を見ている。

「なるほど、やはり貴君がパーティの統率者というわけですか。どうりで、普段とは様子が違う――ならば、貴君を先に砕きましょう」

プラマーズはすでに、一歩を踏み込んでいた。ティレイアの一瞬の動揺を逃さず、ここしかないというタイミング。

双剣に魔力が宿る。爆発的な魔力の流動が刃を巡り、空間を切り裂く勢いで宙を疾駆した。ティレイアならばともかく、負傷した僕では到底避けきれない。

「――自らの不運を嘆き、ここで死に至りなさい。魔導英雄ッ！」

これも致命的失敗の効果か。全ての歯車が悪い方向へと回り出す。良《い》い流れだったはずが、一気に激流に押し流される。

しかし、

「いや、安心した……思い通りになり続けるもんだから、僕らしくもない。浮ついて見落としがないか不安だったんだ。だが不運に当たったって分かった、僕は正常。いつも通りだ」

僕の運は偏っているんだ。良くも、悪くも。

僅かに、揺らめく。しかしプラマーズの剣を避けきる事は敵《かな》わない。

――思ったより、熱いなと感じた。刃に貫かれるというのは、もっと冷たいものだと思っていた。

「ッ――」

「貴、様ッ！」

一本の剣を僕の体内に残したまま、プラマーズがティレイアの魔剣を正面から受ける。

足首を軽く捻って受け流せば、すぐに元の体勢へと戻る。

「もう意味はありませんよ、騎士英雄。私の名は殲滅者《せんめつしゃ》。我が刃は触れたものを、悉《ことごと》く殲滅する」

「グ――ッ！　知っているわ、不埒者《ふらちもの》ッ！」

剣が一本になったからと言って、使徒と英雄の決着がすぐにつくことはない。むしろ使徒はより悠々と剣を振り回すようになった。

「安堵《あんど》するが良いでしょう。貴君らは、どちらにしても助かりません。魔導英雄が行使を目論《もくろ》んだ魔法は、一度夜天竜を欺いたものでしょう。二度も我らに通用するとは思わぬ事です。ならば後は死ぬ順が、早いか遅いかの違いでしかない。朝日が来るまで、まだ随分と時間があるのですからね」

一度騙《だま》されれば、その対策も打ってくると。厄介極まりない。ゲームの中の敵ならば、たとえ弱点で嵌《は》められ続けても同じ行動をしてくれるものを。

しかし、これは現実なのだ。救いようもなく。もはや偽りの朝はこない。

本当に、良かった。僕の考えは、間違っていなかった。

「プラ、マーズ……」

「おや、まだ息があったのですか」

奴はティレイアの魔剣を捌《さば》き、一歩間合いを取った。もはやこちらの壊滅は時間の問題。カルロも何時までも亡者の軍勢を押し留《とど》められるわけもなく、時間が来れば皆圧殺され、星辰《せいしん》国家は滅ぶ。

ならば無理に、トップクラスの戦闘能力を持つ騎士英雄と当たる必要もない。プラマーズはずっと時間稼ぎに徹していたのだ。

——そう、彼らは自分達に『時間』があると思い込んでいるのだから。

「悪いが、僕らの勝利のようだ。逃げる準備はしなくて良いのか？」

「——何を」

「僕らの勝利だと、そう言ったんだよ。もう十二分、経《た》った」

「十二分？」

血が喉を通る感触が気持ち悪い。気道に入れば、せき込んでしまいかねなかった。しかし、せめて格好をつけて顔は上げなければ。こういう時には、気味の悪さが必要だ。

「動揺をさせ、隙を作るつもりですか。魔導英雄にしては陳腐な作戦ですね。我らには微《み》塵《じん》の油断もありません」

油断はない、ね。

「——なぁ、プラマーズ。僕らが、来るのが遅いと思わなかったか？　君らが来る報告は、とっくの昔に来ていたはずなのに」

僕らが報告を受けたのは、プラマーズ達が斥候に捉えられた直後。しかし、彼らが城壁に辿《たど》り着くまでに間に合わなかった。

五千を超える死者の群れより、足の遅い生者はいない。

「こちらが、態々《わざわざ》夜になってから君らと当たった理由は？　僕が、君らに一度見せた『偽りの王国』を態々目の前まで出てきて使ってやろうとした理由は――？」

「……言いたい事は、何ですか」

口から血を拭って、奴を見る。

傑作だ。まだこちらの意図が分からないのか。

「疑問を疑問に思わないほど、今まで勝ち続けたか？　――それが油断してるっていうんだよ殲滅者」

さぁ、時間稼ぎは終わりだ。そうして、戦いも終わる。

耳に――鳥の嘶《いなな》きがし始めた。プラマーズが、同時に目を見開いた。

「なっ、馬鹿な――ッ⁉」

「詐欺師が同じ騙し方を二度も使うわけないだろう。それにな、一度騙された奴は、もう一度騙されるのがお決まりなんだよ」

夜の帳《とばり》が落ちた空。暗い空。陰鬱な空。そう、亡者《もうじゃ》が跋扈《ばっこ》し君臨する煌々《こうこう》たる夜の世界。

しかしそれは――朝の輝きによって一瞬で奪いつくされる。

目を細める。

山間《やまあい》の隙間から、朝日が差し込んでいた。

「アンデッドッ！　陽《ひ》から逃れよッ！」

「どうやってだ。影を作る城壁はもうないぜ」

この時間、本来なら朝日はこの場を照らさない。影となって遮る城壁があるからだ。だがそれはご機嫌な事に、殲滅者様が崩落させてくれた。

ならば、五千三百のアンデッド達は、瓦礫《がれき》に埋もれた者以外悉くが陽光の餌食《えじき》になる。

「――――ォ、ォォオオオォ」

亡者を、陽光が襲う。もはや死体である彼らに激しい断末魔はない。ただ溶け落ち、灰となり、吠《ほ》えるような音を唸《うな》らせるだけ。

「馬鹿な、このような事が。時間操作ですって――？」

「――そんな事が出来るか。僕が出来るのは幻で騙す事だけだ。生物の時間感覚ってのはな、案外適当なものなんだ。一秒、一分、一時間。どれ一つとっても完璧に測れる生物はいない。僕はただ、君らの時間感覚を、引き延ばさせてもらっただけさ。感覚を六十分の一にすれば、僕らには一分でも世界には一時間だ」

パスカルが口上とにらみ合いで稼いでくれた時間が五分、そうして僕らが稼いだ時間が七分。たったそれだけで、夜は朝へと生まれ変わる。

「そんなものを掛けられた覚えはありません！」

「だから、かけたのはこの一帯にだよ」

大杖《おおづえ》を傾け、地面に突き刺す。

『虚偽の時計』——標的とした対象の時間軸を歪《ゆが》め、惑わせる虚術。

生物は、時間感覚を失えば一生眠り続ける事になる。とは誰の言葉だったか。僕らは時間感覚を本能的に有するからこそ、起床し、食を摂《と》り、眠るという真似《まね》が出来る。動物は人間よりももっと本能の時間感覚に忠実だ。

時間を感じる術《すべ》こそが、世界と生物を繋《つな》ぎ止める。それを失った者は、世界を知る術を失ったのと同義。単体にかける事が出来れば、そいつの動きだけを異様に遅くする事も出来る。少なくとも外部から見れば、この場での喧噪《けんそう》は酷《ひど》く遅い時間の中で繰り返された攻防だったはずだ。

「安心すると良い、もう魔法は切れた。僕も手じまいだ。君を殺す術を僕はもってない」

話しているのも辛《つら》いほどだ。けれども、だからこそ頬を緩めた。

「——だが、彼女らは持っている。ここまで、詰めたぞ。僕らの勝利だ」

怒号が響く。

「ハ、ァアアアアア——ッ！」

正面からは騎士英雄ティレイアが放つ剣閃《けんせん》。

「ォォオオォォォオオオ！」

背後からは鉄の舞曲カルロの剛脚が唸りをあげた。標的はただ一つ、アンデッドの軍勢を失った使徒、殲滅者プラマーズ。

「チ、ィ！」

鋭い、その一言で言い表せるものでは到底ない。剣の一振り、脚の一薙《ひとな》ぎが必殺。踏み込みには一片の狂いもなく、狙いすました一閃《いっせん》は的確だ。

息を呑《の》むのが戸惑われる。瞼《まぶた》を瞬《しばたた》くのが勿体《もったい》ない。死にかけの身体《からだ》で、不覚にも思った。

美しい――。

「――舐《な》められては困りますねッ！　私が、人類種如《ごと》きに後《おく》れを取るとでも！」

ごう、と風が唸る。プラマーズの慟哭《どうこく》に反応するように空間が弾《はじ》ける。剣、いいや彼の全身から膨大な魔力が発される。頬を焼き、雷が落ちる程の獰猛《どうもう》さ。

厄介だ。神の下僕にして、災厄の手足たる使徒は、肉体強度もさる事ながら魔力も英雄以上に保有している。今まで奴らが殺害されていないのもそれが大きい。このままじゃあ、また逃げられる。

しかし、この世界がルイナの創った『設定』にどこまでも忠実ならば。

「ティレイア。もう良い頃合いだ」

「──っ、貴様。しかし、まだヴリガストが控えているのだぞ！」

「言っただろ、僕が何とかしてやる！　ここで出し惜しみをしちゃあ駄目なんだ！」

血を呑み込みながら言う。

アンデッドの軍勢を引きつけたのも、魔法で時間稼ぎをして自壊させたのも、当初の想定通り。僕が考える中で、唯一軍勢を相手に出来る手だった。驚くほどに上手《うま》くいってくれた。それに、プラマーズはあろう事か僕らではなく、城門の破壊に回数制限付きの『伝承』を切ったんだ。

奴《やつ》らがここまで油断してくれるのは、勝利を重ね続けたがゆえ。もう二度とない機会。だから、ここでプラマーズを逃がすわけにはいかない。絶対に、完膚なきまでの勝利が必要だ。

「……ティレ、信じましょう。私が援護しますわ。感謝感激なさいませ」

「カルロ、貴様まで──」

「──本来のあなたの役目に徹するだけ。簡単ではありませんの」

赤髪ツインテールを見事に煌《きら》めかせながら、カルロは前に出てプラマーズの剣を受ける。

「使徒を撃破する機会を与えられて、黄金連盟の『剣』が鞘《さや》に収まったままでは格好がつ

かないでしょう？　神の『剣』とどちらが強靱《きょうじん》か、比べあうのも一興ではなくて？」

「ッ！　貴様ら――」

熱い呼気を、ティレイアは尖《とが》らせた唇から吐き出した。

「――もう、知らんぞ」

言ったと、同時――ティレイアが持つ魔剣が、キィンと声をあげた。

それは音ではなく、紛れもない声だった。声が大きくなる。キィン、ギィン、ギイインと唸りをあげる。

「アドリエンヌ。私に、魔力集束の加護を」

『……了解』

精霊越しのアドリエンヌは、無駄口を叩《たた》かなかった。自分がすべき事を分かっているかのようだった。

「――ッ」

「あら、通しませんわよ」

一歩前へ出ようとしたプラマーズの動きが、カルロに打って落とされる。黒色具足の破壊力もさる事ながら、守護するという点において、彼女は確実に一流だ。

「……押し留《とど》めるつもりですか、鉄の舞曲」

プラマーズが剣を振り回しカルロと相対するが、即座に決着がつくほどの実力差はない。いいやむしろ、使徒はそのようにデザインされている。

英雄と拮抗《きっこう》する、敵対者として。

『精霊共鳴。祈り、讃《たた》え、喝采なさい。魔よ、三賢《さんけん》の道を通り、合流しここに集え！』

アドリエンヌの声に共鳴して、ティレイアの魔剣が光り輝く。彼女は腰に魔剣を据えてから、眼《め》を細めた。歯が強く鳴る。

「――信じたぞ、高瀬《たかせ》クレイリー。ならば、我が全霊をもって、ここで使徒を滅ぼそう」

腰に魔剣を構え、柄に飾られた拵《こしら》えに指を置く。それが合図だった。確信と自信に満ちた声が、熱い呼気に覆われながら響く。

今まで彼女の役割は、英雄の統率者として、人類の滅亡を阻止する事だった。その為《ため》には常に備えを必要とする。国家が滅ぼうと、人類を逃がす為に殿《しんがり》に就き。次から次へと這《は》い出てくる使徒と魔物を追い返す為に魔力は残存させる。――回数制限のある『伝承』など、そう易々《やすやす》と使えない。

そんな戦い方をせざるを得なかった。そんな戦い方こそ、人類を延命させる最大の措置だった。

しかし今、その方向性が切り替わる。

守勢から、攻勢へと。ただの一度も殺せなかった使徒を、殺すために。

「魔剣——抜剣」

風が嘶く。否《いな》、剣が求める魔力が壮大であるあまり、風を巻き込んで唸らせているのだ。足りない、全く足りない。アドリエンヌの加護をもってしても、魔剣の腹を満たす事は敵《かな》わなかった。

僕が魔法使いだからだろうか、おおよその魔力量の多寡が分かる。本来必要な魔力量の二割ほどしか、魔剣は収穫できていない。

しかし、

「魔剣『ヴルバァーン』の意味する所は、『暴食』だ。一切合切を呑《の》み込んでも満足はしない」

それでもソレは、プラマーズの魔力を遥《はる》かに上回る雄壮さだった。魔力が魔剣に絡《から》み、光を発する。煌々と、炯々《けいけい》と。もはやそれは『剣』という枠に収まらず、一つの兵器に変貌している。

まるで、物語の中に出てくる英雄が打ち成す、神秘の奇跡。

あれこそが、騎士英雄ティレイアが有する『伝承』。

「……神の寵愛《ちょうあい》を失って、まだそれだけの灯《ひ》を宿すとは。素晴らしい。見事、されど私は神の『剣』。敗北は許されていません」

プラマーズが空間を切り裂くように剣を払う。それ一つが雷が落ちたかのような衝撃。カルロが正面から受けるのを嫌い、思わず数歩後ずさった。銀の兜《かぶと》を被《かぶ》っているにもかかわらず、その瞳からは空間を圧する威圧感が漏れている。

「神の寵愛を失い、大罪を背負う汝《なんじ》らに勝利はない！　十三使徒が一角、殲滅《せんめつ》を司《つかさど》る我が力を見るが良《い》い！」

プラマーズが剣を構えたまま、一歩を踏み込む。

その速度は、まさしく疾風迅雷。雷とは古来神の声であり、人々を滅ぼすものの象徴だ。人間の文化など、素知らぬ顔で稲妻は全てを滅ぼしていく。プラマーズは即《すなわ》ち、雷の顕現そのもの。

その切っ先は、カルロでも僕でもなく、ティレイアに向いていた。まるで彼女のみが、今自分に匹敵する敵だと認めるように。

瞬《まばた》きをする暇はなかった。プラマーズは完全に臨戦態勢、一挙動でティレイアの首を刈れる。他方、ティレイアは腰元に魔剣を構えたままだ。

出遅れた。そう確信する。

「動揺するな、貴様――」

だがその瞬きにすら満たない一瞬に、僕は確かにティレイアの声を聞いていた。戦う前には不安をたっぷり見せていた癖に、今その声は自信に満ち溢《あふ》れている。

「――私を信じておけ。勝利を掴《つか》み取ってきてやる」

真紅の唇が、跳ねた。

「使徒よ。我らは確かに神から見放された。だが、失墜した英雄の意地を見よ」

魔剣ヴルバァーンは集い束ねた魔力を食い尽くし、ついにはそれを利用し始める。刃が脈動し、まるで本当に生きているのではないかと感じさせるほど。

いいや、それは本当に刃だったのだろうか。ただただ呑み込んだ魔力を殺意に変えて射出するだけの兵装であるのかもしれない。

なんて、デタラメ。いいやしかし、そりゃあそうだ。だって気軽に彼女らと話していたが、本来は彼女らはそんな立場にはない。

ティレイアも、カルロも、アドリエンヌも。

物語の中ではなく、真《まこと》にこの世界で国家を救い、大敵を打倒し――英雄になった者達なのだ。

魔刃が、揺らめく。

「伝承、解錠。蹂躙《じゅうりん》する我が刃を見よ！　――ヴル《大地を》――バァーンッ《食らう暴食》！」

集束された魔が、宙を疾駆していたプラマーズを完全に捉えた。

信じられないという表情。だがプラマーズもまた、神の剣。決して止まりはしない。殲滅の名を誇るように、雷が唸《うな》った。

雄大なる魔力と両者の武の衝突の決着は──一瞬で完結した。

技ならば拮抗もしよう。だが互いの全てを衝突させた先にあるのは、より強大なものが勝利する結果しか生まない。

陳腐だが、交通事故より更に酷《ひど》い。視界を覆い尽くす光、爆発と同等の膨大な熱量、一瞬、余りの眩《まばゆ》さに目を瞑《つぶ》ってしまう。

──そうして開いた瞬間には、全てが終わっていた。

削り取られた大地。輝きを失ったティレイアの剣。一欠片《ひとかけら》も残らず喪失したプラマーズ。

ただただ、亡者《もうじゃ》の灰が朝日に照らされていた。

「使徒、殲滅者プラマーズ──神の『剣』は、騎士英雄ティレイアが討ち果たした。安らかに消え失《う》せろ」

ティレイアの言葉に、思わず安堵《あんど》が漏れた。

──それが限界だった。

視界が土色になっていく。気づけば地面に突っ伏していた。そうだ、ここは現実だ。ゲームのようにヒットポイントが残っていれば生き残れるなんてはずはない。腹に剣が突き刺さった状態で生きれるはずもない。それに、殲滅者も言っていたではないか。

──我が刃は触れたものを、悉《ことごと》く殲滅する。

耳元でティレイアと、カルロ。そしてアドリエンヌも騒ぎ立てている音がした。

「大丈夫だ、すぐ……起きる」

駄目だ、これ以上は声がでない。死ぬとは、これか。だが、まだヴリガストがいる。ここで、死ぬわけには──。

──否、貴方《あなた》は死亡した。高瀬クレイリー。

＊

「死亡だ。うむ、悪くないな。美しい終わり方だったぞ、高瀬クレイリー」

「……」

意識が、現実世界に戻ってくる。

目を開けば目の前にルイナがいた。彼女はルールブックをぺらぺらと捲《めく》りながら、満足そうに笑みを浮かべている。

「運があったとはいえ使徒を打倒されたのは初めてだ。意外と悪い気分ではないぞ、うん。では高瀬、お前はこれで――」

「――蘇生《そせい》はどうした？」

「ん？」

「蘇生があるだろ。カルロとアドリエンヌも蘇《よみがえ》った」

「ああ」

何でもない事のように、ルイナが頬杖《ほおづえ》を突きながら言った。

「あれはイベントだ。一度死亡したプレイヤーは、一部の伝承の効果を除き、同じシナリオでは復活できない。そうでないと、死の価値が安くなるだろう。私はそれを美しくないと思う。この辺りの価値観は、お前と私は一緒だと思うがな」

物語の中に、美しさを見出《みいだ》したがる。それは僕とルイナの唯一の共通項だ。

それにこういう場で、ゲームマスターに逆らうべきじゃないというのも分かってる。何せこの世界はルイナの機嫌次第なのだから。

「だが、ローランド神父がいるだろう。それにヴリガストが残ってる。状況を見れば、英雄一人を生き返らせるのはあり得るんじゃないか」

「――高瀬。どうしたむきになって。これは私の物語だ。お前はもう読書に戻れば良い。

そうだろう？」

窓には、雨音が響いていた。窓際《まどぎわ》には何時《いつ》もの椅子が置いてある。あそこに座って本を開き、一人で声をあげるルイナを見つめれば日常風景の完成だ。休日なのだから、とっとと帰ってしまっても良い。

けれど、それで良いものか。

まだ僕の中で、納得のいく決着がついてない。もはやあの世界は、ルイナだけの物語ではないんだ。

テーブルに手を突いた。

「ルイナ。本当に、これが美しい終わりだと思ってるのか？」

「思っている。英雄達は手を合わせて使徒を打倒した。けれど、根源たる災厄に敗れ滅び去る。人の渾身《こんしん》は結実せずに終わる。美しい悲劇だ」

「そうかな」

必死に頭を回していた、ルイナの舌で転がす言葉を選ばなければならない。

不意に、有栖川《ありすがわ》――魔導英雄の言葉を思い出していた。

――ティレイアについては、一つだけ忠告がある。決して、彼女から注意を逸《そ》らしてはいけない。彼女だけは、明確にあの世界の住人というわけではないからね。

魔導英雄はその後、こう続けた。

——彼女は創造神に最も早く創られた、現身《うつしみ》。彼女が無意識の内にあの世界で行動する為の身体《からだ》といった所か。神の心も複雑らしい。滅ぼしたい思いと、抗《あらが》いたい思いがある。後者の表れがティレイアというわけさ。

「良いかルイナ。英雄の一人を失い、ティレイアは魔力の大部分を使い果たした。カルロとアドリエンヌだけで竜を打破出来ないのは証明済み。使徒を倒したとはいえ絶体絶命の大ピンチだ。これでただ綺麗《きれい》に滅んでいくのが美しいはないだろ。最後まで決着が分からないからこそ、美しいんじゃないのか」

我ながら、あり得ない事を言っていた。最後まで決着が分からないからこそ美しいなどと。物語は結末が分かっているから良い。本はラストから読むと豪語する人間が、何を言っているのか。

けれど、今この時においては紛れもない本心だ。

「随分と感情移入したものだ。けれどな。別にそこまで、お前が付き合う必要なんてない。こう言ってはなんだが……この物語は私の自分勝手だからな」

「はぁ？」

今更、何を言っているんだこいつは。

ここまでも人様を自分勝手に巻き込んでおいて。今回の件だけじゃない。読書研究会そのものだって、ルイナが全てひっくり返して僕以外は誰も来なくなってしまったじゃないか。

ああ、いや。

そこでようやく気付いた。ルイナは素知らぬ風にしていながら、ルールブックを握る指先が忙《せわ》しなく動いている。

ティレイアは、ルイナの現身。性格も、本質も、根本的にはルイナと共有している。

つまり――ティレイアと同様、こいつは根本的な所で自信が欠けているのだ。

パーティの統率権限を僕に譲ったのもそう。ヴリガストを畏れ震えていたのもそう。

そうして今だって、らしくもなく僕の様子を窺《うかが》ってやがる。こいつは心の何処《どこ》かで、自分の世界にすら自信がない。僕が無理やり付き合わされてここにいると思っている。

「あのなぁ――」

大きく、ため息をついた。

何て、面倒な奴《やつ》だ。

「ルイナ。僕が本当に、何一つ興味がない事のために時間をかけて付き合うと思ってるのか？　心外だな。僕はそれほど馬鹿じゃない。良《い》いか、一度しか言わないからよく聞けよ」

ぐいと身体を近づけて、ルイナを指さして言う。

「全く興味がないなら、他の連中がこの部室から出て行った時に僕だっていなくなってるんだよ。今、最高に楽しんでるんだ。もうお前だけの物語なわけがあるか、ラストで置いてけぼりなんて御免だね。最後まで付き合わせてもらうぞ」

廃絶世界バリスノーン。この世界の人間達は無為に嘆き、絶望に暮れているわけではない。

英雄を含め、誰もが懊悩《おうのう》しながら生きている。震えを噛《か》み殺し、最後まで滅びに抗い続け、生きようとしている。渾身をもって、決死の覚悟をもって。ただ、生きようと。

間違いなくこの世界は、彼らは美しい。

そんな彼らの決死の努力が結実しない事ほど、無惨《むざん》な事はない。もの悲しい事はないのだ。

「それに君は、英雄とは英雄的に生きる者だと言ったな。良いさ、なら僕が見せてやる。英雄的ってのがどういうものかをな。どうだ、悪いか？」

英雄とは何か。そんな答えを留保したのだって、きっとこいつは自分に自信がなかったから。自分の抱く英雄像を肯定しきれなかったからだ。何時もの馬鹿げた自信はどこにいった。こちらは、今の今までその誇大妄想的な自信に付き合ってきたっていうのに。

分からせてやる。半ば自棄《やけ》になりながら、胸中を吐き出してルイナへと突きつける。

数秒、彼女は目を瞬《しばたた》いた。視線を何処へ向ければ良いのか。何を応えれば良いのか。珍しく迷っている様子。

しかし、次には何時もの様子を取り戻して頬をつりあげる。

「――いや、悪くないぞ。ああ、構わない！　お前は蘇生さえ出来れば、美しい決着を、英雄的な活躍を見せてくれるというわけだ！」

僕も恥ずかしくなってくるから、耳を真っ赤にして言うのはやめてくれ。

ルイナの率直な問いかけ。同時に、プラマーズの剣で貫かれた瞬間の明確な死の感触が蘇ってくる。想像を絶するほどの現実的な痛覚、全身の血液が逆流し沸騰するような熱さ。確かな実感が、絶命の事実を手の平に呼び戻す。

もう一度、同じ苦痛を味わうかもしれない。もっと最低の終わり方をするかもしれない。

けれど、

「ああ」

ルイナに向けて、啖呵《たんか》を切った。

「――全身全霊、文句のつけようのない最高のクライマックスだ。全て手に入れる。筋書はもう出来ている」

ルイナ――神は頬をつりあげながら、ダイスを握った。

＊

蘇生とは、その者の魂を呼び覚まし、魔力を注《つ》ぎ込んだ身体に移し込む秘術。本来魂が離脱して死した身体はおのずと魔力を失い、魔力を失えば肉体は生命を失う。言わば魔力は、肉体にとって第二の血液のようなものだ。身体の修復自体は神秘術で幾らでも可能だが、魔力と魂だけはそうはいかない。

訓練を受けた神官による経験と知識に基づく施術が必要だ。

「どうだ。ローランド神父。高瀬《たかせ》クレイリーの状態は」

「……良くはねぇな」

神台と呼ばれる長細い石の上に置かれた魔導英雄の身体を前に、ローランド神父は眉間に皺《しわ》を寄せた。

その場に集った英雄達。ティレイアにカルロ、そうしてアドリエンヌまでも。彼の視線に引き寄せられるように、石台に横たわる身体を見た。

「でも、傷自体はただの刺し傷でしょう？　炭化した私達を復活させられた貴方なら、簡単に蘇生出来るのではありませんか？」

「……比較的軽傷に見えるね。……けど、これは」

「ああ、普通の傷じゃあねぇ。見てみろ」

魔導英雄の衣服を開き、腹の部分をローランド神父が見せた。傷痕こそ残るものの、傷口は綺麗に塞がっている。――だが僅かに緑に変色していた。

「これは――ッ！」

「殲滅者《せんめつしゃ》の名は伊達《だて》じゃねぇ。あいつの剣が触れた者は全て殲滅される運命にある。この身体に魂を呼び戻しても、また死んじまうだけだ」

そうなると、ますます取り返しがつかなくなる。皺を深くしながら、ローランド神父がため息交じりに言った。そこに諦めの色はない。必死に方策を探している。しかし熟練の彼をもってしても、即座に思いつくものはない。

「どうしますの。これから、間違いなくヴリガストが来ますわ。それも今度は単騎ではありません。使徒が滅ぼされたとあれば、配下のアンデッド全てを引き連れやってくるでしょう！」

「そうなりゃ、俺達の運命も定まったな」

「……ヴリガストには勝てないからね。どうしようも、ない。……まぁ、最初から分かっていた事さ」

「だが、手は尽くす」

ティレイアが、話の流れを断ち切るように言った。彼女が魔導英雄の遺体を見つめる横顔は、誰よりも力強かった。

「こいつから、何をする手筈《てはず》だったかは聞いている。今はそれ以外に手立てもない、一先《ひとま》ずはその通りに進めヴリガストを待ち構える」

「——案外、冷静ですのね。短い付き合いとはいえ、御仁と一番仲が深かったのは貴方《あなた》でしたのに」

「……冷静では、ないな。正直を言って、投げ出したい。私は案外、自分に自信がないからな。今回だって、こいつがいなければ私は為《な》す術《すべ》もなく、何時《いつ》もみたいに死んでいたはずだ」

それは珍しい、ティレイアの軽口だった。頬には自嘲が浮かび、瞳には諦念の色がある。親しいカルロ相手だからこそ見せる、彼女の弱みだった。

三十八度の大敗北。ティレイアにはもはや自信と呼べるようなものも、自負と呼べるものさえない。勝利に至る確信は抱けず、敗北の予感だけは常にある。彼女を支えているのは、英雄としての義務感だけだ。

今日、使徒と正面から戦えた理由は、ただ一つ。彼が語る策略。

――その先に勝利があるのだと、そう信じた。

「なればこそ、止まってはいられない。私達は英雄だ、取るべき手段を取らなければならない」

カルロは意外そうに兎耳《うさぎみみ》を立たせたが、ティレイアはすぐに言葉を継いだ。

「それに、奴は信じろと私に言った。そうしてすぐに起きるとも言ったのだ。ならば、信じてやる事にするさ」

「あらあら」

苦笑するカルロを横目で睨《にら》みつけながらティレイアは踵《きびす》を返す。すぐに教会を出て、やらねばならない事があった。

しかしその背に、声がかかる。

「……待って、ティレイア。彼を本当に助けたいのなら、手がない事も……でもいや……やっぱいいや」

「いや言え⁉　なんだその思わせぶりなのは！」

「自信がなくなってきた……所詮私は無様な道化なんだ……」

「ああもうこんな時にネガティブを悪化させるな！」

ティレイアがアドリエンヌの胸元を握りしめながら、ぶんぶんと彼女の首を振るう。余りの勢いに、アドリエンヌの頭が吹き飛びそうだった。妖精姫は何時もこうだ、自分のペース以外に振り回されない。ある意味良いように扱っていた魔導英雄は特殊な例だ。

数分ほど時間をたっぷり浪費してから、ぽつりぽつりとアドリエンヌは言い始めた。

「……要は、問題なのは傷口。これは妖精が使う呪《まじな》いみたいなものさ……。そこに傷口がある限り、決して呪いは消えない」

水に触れると出血する呪い。何もない所で転んでしまう呪い。妖精たちが悪戯《いたずら》に使うそれらの呪いは、小さな傷口を作って注ぎ込むもの。傷口が治る頃には、彼らの呪いは消えている。本当に、遊び心みたいなもの。

「つまり、傷口が消えれば良いというわけですの？」

「いや、そいつは駄目だな」

カルロの言葉をくみ取ってローランド神父が首を振る。

「そもそも、どうやっても傷口が塞がらねぇ。霊薬も、魔女の軟膏《なんこう》も効き目なしだ。使徒の力は悍《おぞ》ましい。運命を先に定めちまいやがる。もうこいつは、死ぬ運命なのさ。ならどう足掻《あが》いて治療をしたって意味はねぇ」

ローランド神父は言って、椅子に腰を下ろしてしまった。相変わらず眉間に皺を寄せたまま必死に頭を回しているが、浮かんでくる事はなにもない。思わず悪態だってつこうというもの。

しかし、アドリエンヌの言葉はまだゆったりと続いていた。

「……そう、使徒の呪い傷を治す事は出来ない。でも――更に傷をつける事は、出来る」

「更に、傷をつけるだと？　それはどういう……」

ティレイアが意味をくみ取りかねて、口ごもった瞬間だった。

「――ッ。そうか」

座り込んだ腰を素早く持ち上げ、ローランド神父が皺を広げて目を見開く。老齢の瞳が強い輝きをもってティレイアの腰元の剣を見た。神よ、と小さく呟《つぶや》く。

「俺とした事がどうして気づかなかった！　傷が消せなけりゃあ、上書きすりゃあ良《い》い話だ！　ティレイア。お前さんの魔剣が持つ性質も立派な呪いさ。そいつで使徒の『殲滅』

の傷をかき消して、別の呪いを書き足してやるわけだ。それなら死は逃れられる！」

「な――ッ！」

狼狽《ろうばい》した様子でティレイアは目を明滅させる。彼女には珍しい動揺の仕方だった。

「それは、こいつに一生消えぬ呪いをかけるという事だぞッ！　それに、加減を一つ間違えれば魔剣はこいつを呑《の》み込んでしまう！」

「――しかし、望みもなく死んでしまうよりはマシではなくて？　ティレ。それに、御仁の性格からして座して死んでいくタイプではないでしょう」

カルロは魔導英雄の遺体、その頬を軽く撫《な》でながら言った。

「大体、黄金連盟に列席する者として、万が一でも英雄一人が生き返るならば即《すなわ》ちやるべきではありませんの。それとも、御仁を傷つけるのが怖いのでして？　ならば眉目《びもく》秀麗の私が代わってあげても構いませんわ」

「ッ！　……いや、魔剣を使えるのは私だけだ。私がやる。ただ、こういう時の私は運が悪い。ここぞという場面で、失敗をするんだ。運がない」

「あら、何て事仰《おっしゃ》いますの。そんなわけがありませんわ」

「何故《なぜ》だ？」

一拍を溜《た》めて、にっこりと美麗な笑みを頬に浮かべながらカルロが口を開く。

「――三十八の国家を滅ぼされ、撤退を繰り返し、敗北という負債を重ね。それでも、まだ可能性が残っている事、それ自体が幸運ではありませんの。神は、可能性があるからこそダイスを振るのですわ。出目は結果にすぎません。そんなものはどうでも良い、そこに至るまでの過程が私達の為《な》すべき事でしょう？」

「……カルロは、ごくたまにそれっぽい事を言うね」

「たまにとは何ですの、たまにとは！　私は常に名言製造機ですわ！」

あっさりと何時もの調子を取り戻して言葉を荒らげるカルロに思わずティレイアが頰を緩める。しかして、次には眦《まなじり》を引き締めて腰元から魔剣を真っすぐに取り出した。

生命体がそこに潜んでいるかのような、銀の脈動。青の輝きが一瞬剣を覆った。

「ローランド神父、補助を頼む。一欠片《ひとかけら》も残さず、使徒の呪い傷を食い殺してやる」

「任せろ。汚れ仕事は俺の得意分野だ」

神父と、英雄が見守る中。魔導英雄へ、ゆっくりと魔剣が突き刺さる。

――そうして神が、ダイスを振った。

＊

星辰《せいしん》皇国の象徴、空中居城から見える光景は、何時でも雄大だ。しんと静まり返った空を見ていると、そのまま自らが溶けていってしまいそう。常にそこにありながら、余りに遠い場所、空。

今日、空に見える日光がより輝いて見えるのは、きっと気のせいではない。その光が夕闇に消え去った瞬間、この国は滅び去るのだから。最後の輝きは、何時だって尊いものだ。

使徒プラマーズが殺害された以上、ヴリガストは必ず万全を尽くす。もはや油断はない。夕闇と同時に、全てを蹂躙《じゅうりん》するべくアンデッドの軍勢を連れてこの都市へ襲来する。

大部分の民の避難は済んでいる。元より、神の標的がこの国家と定められた時点で、逃げられる民は逃げているのだ。逃げていないのは、誇りをもった者か、それだけの事も出来ない貧民層。

彼らはたった一昼を共に過ごした後、同じ棺桶《かんおけ》に入る運命にあった。

「皇女殿下。謁見のお許しを頂けたこと、感謝致します」

ミシュレ星辰皇国における、唯一の皇統。エーデルハイトに向けて、騎士英雄ティィレイアは仰々しく頭を下げた。カルロとアドリエンヌはおらず、単独での謁見だった。

場所は先日のようなパーティ会場ではない。正式な謁見室だった。かつての栄耀栄華《えいようえいが》を示すように装飾が施され、歴史の重みが室内を厳かなものにしている。

列席するのは先の戦闘で傷を負ったパスカルを除く、僅かに残った貴族達。忠臣とも、そういった役回りを押し付けられたとも言える者ら。

「良いのですよ、ティレイア。初めて使徒を打倒せしめた貴方の言葉を聞かない人類種はいません。どうか、頭を上げなさい」

「……ハッ」

ティレイアの金髪が跳ね上がり、玉座に座するエーデルハイトと視線が合う。

パーティでの諍《いさか》いはあったものの、未《ま》だティレイアの英雄としての肩書は消えていない。何より、殲滅者《せんめつしゃ》プラマーズを討滅した実績が大きかった。冷たく見つめていた貴族らの視線も、今は和らいでいるように見える。

「本日は、お願いがあって参りました」

「ええ。どうぞ言ってちょうだい。といっても、私に出来る事はそう多くないでしょうけど」

「ヴリガストの襲来についてです――」

一日後には亡国になっているのだ。ならば、大抵の事は聞いてやろうという気分になる。そう思っていたエーデルハイトも、ティレイアが語り出した言葉には目を剝《む》いた。周囲の貴族らも同様だ。

だがティレイアはその反応を見ても口を閉じなかった。むしろ予期したものであるかのように、一つ一つ言葉を継ぐ。そうして、碧眼《へきがん》を輝かせながら言った。

「――以上です。どうか、ご協力を頂きたい」

一番に反応したのは、周囲の貴族らだった。

「貴様、本気で言っているのか！」

「伝統ある皇国において、そのような真似《まね》が出来るはずがあるまい！」

「馬鹿にしているのか！」

「馬鹿になど、しているはずがありません。私は本気です」

ティレイアは淡々と、しかし鋼のような振る舞いを見せる。貴族達の声に動じる所か、ますます意志を固くしているようであった。

「ティレイア、それは。貴方《あなた》が考えたの？」

「――いえ、我らが統率者。魔導英雄の案です。彼が事前に我らに授けてくれました」

この場においても、ティレイアは率直だった。だが、率直さが常に交渉に役立つわけではない。そういった機微は、騎士英雄が苦手とする分野だ。

「魔導英雄！　あの無礼者の案を聞き入れろと！」

「それに使徒との戦いで唯一死亡した、英雄の落ち零《こぼ》れではないか」

「どうして皇国があのような者の言葉で誇りを失わねばならん」

貴族達から反対が出るのは分かり切っていた事だ。だからティレイアは交渉相手を一人に絞った。この場での意思決定権を持つ——皇女エーデルハイト。

亡国寸前の皇国では、本来存在した意思決定組織は失われた。今ではこの少女の言葉が何よりも価値を持つ。百人の貴族を敵に回したとしても、彼女一人を味方に出来れば勝利だ。

しかし、エーデルハイトは目をすぅと細めた。

「ティレイア。ミシュレ星辰皇国は、原初の五王国時代から存在した由緒《ゆいしょ》正しい国家です。その時代からこの宮殿は空を浮き、星を観察してきました。今、その誇りを失う事は出来ません。それに、貴族達も皆反対のようです——」

ティレイアは反射的に顔を顰《しか》める。エーデルハイトの心を読み間違えていた。かつてティレイアが見習い騎士であった頃、彼女は活発で意志の強い少女だった。

今も本質は変わっていないはず。しかし、まるで貴族の言葉に流されるような事を言う。

——その本質にあるのは英雄への不信だろう。使徒一体を討滅した程度では拭えない、三十八度の敗北を重ねた英雄への疑念。

英雄に従い不本意な真似をするくらいなら、誇りを持って滅びる方が良い。強固な意志が、この場一帯を支配していた。

だが、

「――いいえ、私は賛成致します」

謁見室の扉を開き、治療中の右腕を包帯に包みながら入って来たのは、一人の貴族。

パスカル＝ホールドグレイ。昨晩の傷が癒えていないのは明らかだったが、彼の表情には生気が漲《みなぎ》っていた。

「ホールドグレイ卿《きょう》……」

「殿下、負傷姿での謁見、失礼致します。しかし、ティレイア殿――いいえ、魔導英雄殿の案は我らが取れる唯一の道かと。少なくとも、座して死ぬよりは」

「馬鹿な！　ホールドグレイ卿！　ミシュレの誇りを何と思われる！」

貴族の一人が、ティレイアと並んで膝をついたパスカルに声を荒らげた。次々に声が飛ぶ。

「滅ぶにも、美学というものがあるッ！」

「そうだ。醜く足掻《あが》き死に絶えるなど、あってはならぬ！」

「――滅びの美学などありはしないッ！」

だが貴族らの言葉を、パスカルが踏みつぶした。

「滅びの美学などと言っているから、我らはここまで追い詰められたのです。卿ら。足掻けるならば、最後まで足掻くべきでした。少なくとも、彼らはそうしていた。ティレイア殿も、カルロ殿も、アドリエンヌ殿も、そうして魔導英雄殿もだ！　自ら戦場に立ち、死した勇者を侮蔑するなど恥を知るが良いッ！」

ティレイアが瞠目《どうもく》する。よもや味方に回るとは思っていなかった相手が、堂々たる振舞いで謁見室に声を響かせたのだ。

「ッ、ならば魔導英雄の案を取るというのか⁉　あのような、無茶苦茶な、ミシュレの誇りを汚すような――」

「――敗北して叫べる誇りなどあるはずがない！　卿は墓の下で勲章を飾られるのか！」

パスカルの言葉は、鬼気迫るものがあった。戦場を見たからこそか、それとも英雄の隣に立った高揚か、はたまた希望を見出《みいだ》したのか。

最も家格の高いパスカルの怒号に、貴族らもたたらを踏む。彼の言葉を一蹴できるのは、もはやエーデルハイトしかいないのだ。

「殿下。ご決断を。ティレイア殿の案、このパスカル＝ホールドグレイが推薦いたします」

「……ホールドグレイ卿。貴方は、魔導英雄殿を信用なさっていなかったのでは？」

率直な言葉だった。疑問を吐きつける声だった。

「ええ。そう申し上げました。彼は礼節を知らず、今回の案も無茶苦茶にも程がある。――ですが、戦場で一つ確信しました」

「それは？」

「――彼は、勝利を目指しています。心の底から、勝利する為《ため》の術《すべ》を模索している。その点において、私は彼を信用します」

パスカルは、真っすぐに言い切った。後戻りなど一つも考えていない。

エーデルハイトは言葉を止めた。周囲の誰も、言葉を出さなかった。ただ一人の皇女の決断を待っていた。

「――分かりました。協力をしましょう、ティレイア。我が宮殿の権限を貴方に預けます」

＊

「皇女様の約束を取り付けた⁉　まさか、本当に通るとは思っていませんでしたわ」

崩れ落ちた城壁前。瓦礫《がれき》を両手で人一倍運びながら、カルロが目を瞬《しばた》いた。兵士も瓦礫を積み上げる作業をしているものの、数メートルはある瓦礫を二つも運んでいるのはカルロだけだった。

　皇都正面の城壁は、プラマーズの斬撃――加えて、カルロの剛脚で完全に崩れ落ちた。もうまともな機能は期待できない。とはいえ、もう今夜にはアンデッドの襲撃は起こるのだ。瓦礫を積み上げるだけの応急処置でもしないよりはマシというもの。

「あーっ、そっちじゃありませんわ！　崩れないように、ちゃんと形を考えて積み上げてくださいまし！」

「散々反対されたが、パスカル卿の働きかけで何とかなった。後は時間との勝負だ」

「ほらそこ！　今の内に積み上げませんと死にますわよ！　積み上げるのはご自分の寿命ですわ！」

「……忙しそうだな？」

「いえそれほどでも。ただ、時間との勝負なのはその通りですもの。――御仁も、目覚めてくれれば良いのですけれど」

「やはり、まだか」

　ティレイアはそわそわと魔剣の柄を擦りながら、窺《うかが》うような様子で唇を濡《ぬ》らした。

「ええ、アドの加護とローランド神父の治療、共同で蘇生《そせい》に当たっていますわ。後は魂が上手《うま》く引き戻されるかどうか……という所、とアドが自信なさげに言っていましたわ」

「それは何時《いつ》もの事だ。――だが分かった、いざとなれば、私達だけで事に当たろう」

「大丈夫ですの？」

くるりと、碧眼を傾かせてティレイアが振り返った。

「大丈夫、とはどういう意味だ。私は何時でも変わりはせん」

「いえ、それならば構いませんわ。なら久しぶりに、勝ち目のある戦いを楽しみましょう。お互い、ね」

全くカルロは真正面からものを言うのを好んだ。しかし正鵠《せいこく》を射ている。

今までヴリガストや他の使徒、災厄と斬り結んだ事は幾度もある。しかし、その全てが負け戦だった。正面から堂々と戦い、結果的に敗北したのではない。

――戦う前から勝敗は決していた。ただ、悪あがきに剣を振るっただけ。

そうして撤退を繰り返し、未だ生き恥を晒《さら》している。もはや、人類種全体が悪あがきを続けている、と言った方が正しい。

しかしそれは、今までは、の話。

「今度は、我々が勝つ。私は、これまでの全てがこの為にあった、などというほどロマンチストではないが」

「けれど、敗北に報いる為に勝利してみせるのでしょう」

「ふん」

ティレイアは頬をつりあげ、軽くカルロと視線を合わせた。彼女ら同士の間にある、コミュニケーションの一種だった。

「私も、敗北する気はありませんわ。眉目秀麗《びもく》の私の美しさが、一時とはいえ失われてしまうのは罪ですもの」

言ってから、カルロは視線を城壁へと向け直した。二百ほどの兵、それに都市に残った民達が協力をして石を積んでいってくれている。使徒が討滅された報は、少なからず民達にも気力を与えたらしい。死に絶えていた活気が、僅かに街中に戻っている。

魔導英雄の言うように、一つの勝利が意味を成した。逆を言えば、もはや人類種は勝利を輸入し続けなければ耐え切れないほどに沈み込んでいる。後がないのは同じだった。

「……どの程度耐えられそうだ？」

「そうですわね。倍以上のアンデッドが来て、且《か》つ私が前線に立つとして――二時間ほどなら」

今恐ろしいのは、ヴリガストもそうだがアンデッドの軍勢もだ。奴《やつ》らが都市内に入ってしまえば、その時点で国家は崩壊したも同じ。

二時間。それがリミット。余りに短い、しかし命に等しい時間稼ぎ。

「気にすんな。負けちまっても高々死ぬだけだ」

「――ローランド神父。魔導英雄はどうした?」

不意に、ローランド神父が相変わらず神父らしくなく煙草《たばこ》をふかしながらティレイアの横に立っていた。流石《さすが》に長時間の治療は老齢の体力を奪い取ったのか、瞳に疲労の色が見て取れる。

「容態は安定した。今はアドリエンヌの嬢ちゃんに任せてる。出来る事はやった、後は運頼みだな」

「あちらもこちらも運頼みばかりだな。だが、力を尽くした後なら悪くない」

ティレイアが唇を尖《とが》らせながら言った。自然と指先が魔剣の柄をなぞっていた。

時間は有限だ。人が尽くせる事は最初から限定されている。その後は、もはや神の定めに従うしかない。たとえ、自分達を滅ぼそうとしている神であったとしても。

空の頂点にあった太陽が、少しずつ、一歩また一歩と傾いていく。都市の誰もが息を呑《の》んでいた。城壁を積み上げながら、策を練りながら、迎撃準備をしながら。それでもふとした瞬間に太陽の位置を見ていた。

それこそが、自分達の処刑執行の合図だと知っていたから。

——そうして、山間《やまあい》に太陽がゆっくりと溶けていく。黄昏《たそがれ》の時間となった。

夕闇。生者と死者が交わる時間。

地平線が煙をあげる。斥候の声が響き渡る。

「来た、来た——来たァッ！　奴らが来たッ！」

地平線の果てから、夜がその身体《からだ》を起こす。それこそは死者の王国。死に絶えた人類種、腐り果てた獣の体軀《たいく》、骨となった魔物達。今を生きぬ者どもの行進。

率いるは夜の支配者。災厄が一角——夜天竜ヴリガスト。

地上と空を覆い尽くすために、彼らはやって来た。

星辰《せいしん》皇国ミシュレを——この地上から消滅させるために。

【Name】 アドリエンヌ

【Job】 妖精姫

【Level】 22

【種族】 エルフ

HP：65　MP：118

筋力：3　器用：3　敏捷：6　精神：9

知力：20　信仰：10　幸運：8

【Skill】

『精霊共鳴——強化』
対象の能力値に追加補正を行う。補正数値は別紙エンチャント表を参照。
"かつて寄り添われ、涙を流した者にしか、真に他者に寄り添う事は出来ない"

『精霊共鳴——増幅』
対象のスキル効果に追加補正を行う。補正数値は別紙エンチャント表を参照。
"共に立ち、共に戦う者がいる。ならばこれ以上語る事はない"

『精霊共鳴——天地縛鎖《アードルラーヤ》』（伝承）
対象の行動をキャンセルし、行動済みとする。対象の行為判定が成功した後でも使用可能。
使用回数はシナリオ中一回。
"例えそれが天であれ、大地であれ。我らの鎖からは逃れらない"

【Sub Skill】

『悲観』Lv5
"世界は絶望から生まれた。少なくとも彼女はそう確信している。"

『精神耐久』Lv2
"他者の魔力に干渉し共鳴する能力において、もはや彼女は一流の域を超えている。"

『協調性』Lv0
"彼女の能力と情緒は常に変動する。それは彼女の旅路が、
荒れ狂う嵐のようなものだったからに他ならない。"

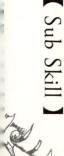

第四章／夜天竜ヴリガスト

破壊装置。夜天竜ヴリガストを表現するのなら、その一言が相応《ふさわ》しい。弓矢など決して通さない漆黒の鱗《うろこ》。魔法を捻《ひね》り潰す抵抗力。全てを焼き尽くす業火《ごうか》のブレス。理不尽と暴虐の象徴。それが敵対した時、人類種に出来る事は何か。

答えは何もない。嵐を前にして、人間が何も出来ないのと同じように。

「起きよ、我が下僕ども――」

「グウォォオオオ――ッ！」

ヴリガストの咆哮《ほうこう》が、夜を呼び起こす。夕闇は落ち、もはや世界は彼のものとなった。夜闇の王たる彼に敵《かな》う者は存在しない。それに、彼の咆哮は何も威嚇するだけではなかった。

「グガァ」「ァギア」「ギギ」

ヴリガストの咆哮こそが、死者を呼び起こすのだ。アンデッドは幾ら葬《ほうむ》られようと、その咆哮で再び永遠の命を吹き込まれる。

王の咆哮に導かれ、アンデッドの群れがミシュレの崩壊した城壁へと進軍する。斥候の一人が、追いつかれてその背中から食らわれた。

「ギァ、ガ、ァアア⁉」

アンデッドは肉を失った者達だ。本能的に常に生者の肉と熱とを求めている。それを永遠に得る事が出来ないとも知らずに。そうして死した者もまた、アンデッドの群れの一員となる。彼らは永遠に増幅し続ける悪夢だった。

「怯《ひる》んではいけませんわッ！　我らの背中に、幾千もの民がいるのです！」

悪夢の中、熱気の如《ごと》き声が周囲を震わせる。鉄の舞曲カルロの黒色具足が、城壁に取りついたアンデッドの顔面を即座に砕いた。

しかし、すぐに次がやってくる。傍《かたわ》らの兵が、骨で出来た鳥に目を食らわれる。足元では虫の亡骸《なきがら》が這《は》い寄っていた。

「この場で押し留《とど》めるのです！　一分一秒でも！」

今回の人類種は、やけに旺盛な意志を持っていた。敗北を続ける事で意志は衰え、逃走を主としていた彼らが追い詰められた事で牙を出したのかもしれない。

「――英雄はあれだけではなかろうな」

ヴリガストは冷静だった。この人類種は一度とはいえ、ヴリガストの目を眩《くら》ませたのだ。

なればこそ、より一層慎重にならなければ。神からの使命が果たされないなど、あってはならない。

ぎょろりと巨大な瞳が天から地上を睥睨《へいげい》する。気の弱い者なら、それだけで失神する。竜の視線とは元来、強大な魔力を持つものだ。

城壁の備えには兵士と民衆の混成部隊。数は数百ほど。英雄は一人。

ならば残された英雄は何処《どこ》か。ヴリガストにとって敵となるのはアレだけだ。アレは、何をしでかすか分からない。

「――精霊共鳴！　祈り、讃《たた》え、喝采なさい！　天を飛ぶものを、地に縛り付ける鎖を与えよ！」

探すまでもなく、ソレは来た。

ヴリガストの巨軀《きょく》が、微《かす》かに重さを覚える。精霊術による束縛。妖精姫アドリエンヌの御業《みわざ》。並の術者であれば、そもそも竜に影響を与えられない。英雄の名は伊達《だて》ではなかった。

「鬱陶しい」

だが、所詮はそれだけだ。

「ォォオオオオオオオォアァ！」

「ぐ、ぅ――こ、の――！」

ブレスではない、ただの咆哮。それだけで拘束は弱まる。竜の咆哮は生命を持つ者にとって本能的に刻まれた脅威を呼び起こさせる代物だ。

「くっそ、ぉ……私の、精霊が……」

アドリエンヌが悔しそうに顔を歪《ゆが》める。

これで、英雄は二体。ヴリガストが拘束を解き放ち、翼を大きく広げた瞬間にそれは『上』から来た。

「――魔剣――抜剣」

集束する魔力の光。紛れもない、騎士英雄ティレイアの放つ輝きだ。彼女は地上ではなく、空中居城からヴリガストを見下ろしていた。使徒を討滅した魔の光が、今度は竜の首へと狙いをつけている。

「ほう、汝《なんじ》か。変わらず我を相手に無謀な事だな」

「……無謀とは限らんぞ、夜天竜よ」

しかし悲しいかな、圧倒的に魔力が足りない。元よりプラマーズ相手に魔力を浪費した魔剣は、先の戦いよりも遥《はる》かに威力を弱めていた。その出力ではヴリガストに傷はつけられても、その核を抉《えぐ》り取れない。

ヴリガストも彼我の力量者はすぐに察し取った。よって冷徹たる彼の竜は、残るもう一体の英雄を捜す。一度自身を騙《だま》しとおした術者――魔導英雄。もし今後《おく》れを取る可能性があるならば、ソレしかあり得ない。

だが、何時までたっても彼が姿を見せない。蘇生《そせい》に失敗したか。それとも隠れているのか。不気味だが、それならばそれでヴリガストには構わない。

――丁寧に一つずつ、潰していけば良い話だった。

竜が、夜を駆ける。ヴリガストは、人類種を苦しめ悲劇に追い込み、滅ぼす為《ため》に生まれたのだ。ならばその使命を順当に果たすのみ。

その瞳は、最たる脅威であるティレイアを向いた。魔力を充塡中の彼女が、唯一ヴリガストを傷つける可能性がある。

両翼が空《くう》を摑《つか》んで風を起こし、一瞬で推進力を得る。騎士英雄をその顎で砕かんと、大きく口を開いた。

しかしティレイアは竜には見えない程度に表情を、変えた。苦渋ではなく、笑みを浮かべていた。

「殿下。――エーデルハイト様。竜は食らいつきました」

*

『──エーデルハイト様。竜は食らいつきました』

星辰を利用した通信の受信を受けて、地上の離宮で皇女エーデルハイトは呼吸を整えた。

今の今まで、ティレイアの声が聞こえないままに終わってしまえばどうすべきかと思案していたが、杞憂《きゆう》に過ぎなかったらしい。

「ホールドグレイ卿《きょう》。準備の程は？」

「万端です。今すぐに始められましょう」

足元には巨大な魔法陣。古代の魔法使いが、離宮の地下に血を混ぜて描いたものだ。

中心に立って、深呼吸を一つ。空中に浮かぶ居城を想像《イメージ》しながらエーデルハイトが唇を上げる。

もはや躊躇《ちゅうちょ》はない。夜天竜はそこにいる。ならば、皇族として最後の義務を。

「──東の主人《ドミヌス》との契約に寄りて、諸星《もろぼし》に告ぐ。地下にあるは天体にあり、天体にあるは地下にあるなり。即《すなわ》ち二者は一体にして、我は二者を繋《つな》ぐ虚空《こくう》である──」

月星からの魔力を失い、もはや久しく使われる事のなくなった星間魔法の詠唱。皇族のみが使用を許された大魔法。

固定化され地面に定着した魔法陣に、皇族の血統、その上にパスカルを含めた複数の貴族の補助により成立している魔の術式。本来ならば儀式的に済ませるもので、魔力の放出にまで至った事はエーデルハイトが知る限り、一度もない。

それを今夜は、全力で放出する。その為か、エーデルハイトが継ぐ言葉も長くなる。言葉の一つ一つを発する度に、自らの身体《からだ》から力が抜け落ちていくのを感じた。

まるでエーデルハイトに流れる血統が、それを拒否しているかのようだった。何せ今夜使う魔力の出どころは、国家設立から今に至るまで、宮殿にため込まれ続けたもの。

宮殿が空中に浮いているのは、星辰と重なる事で魔力をかき集めるため。言わば魔力の集積所そのものと言って良い。宮殿が保有する星動魔力は国家の財産であり、ミシュレが星辰皇国たる証明そのもの。特に、もはや星々から魔力を得られなくなった今となっては二度と得る事は出来ない唯一無二のソレ。

けれど、それを捨て去ると決めたのは紛れもないエーデルハイトその人だった。

——美しく滅びるよりも、醜く勝利に手を伸ばす事を選びましょう。

選択が正しいかどうかなど、エーデルハイトには分からない。けれど、清々《すがすが》しい気分ではあった。

皇女として、唯一の皇統として滅びきるまで個を殺し、皇国の品位を保つ事を求められた。何時《いつ》しか早く滅んでしまうことさえ望んでいた。

だが、ティレイアの、パスカルの言う通りだ。滅んで保てる品位などあるものか。ならば、多少好き勝手にやった所で誰が文句を言うものか。

——そうでしょう、お父様、お母様。

呼気を吐きながら、エーデルハイトは詠唱を終える。

「——星辰《せいしん》は鳴動によりて、鳴動は星辰によりて。ならば、我が導きによりて星辰よ、放たれるが良《い》い！」

古代の大魔法が、ここに姿を現した。

＊

ソレが何であるのか、どういった事象であるのかを正確に捉えられた者は少ない。

ただ多くの者の目に、ソレは天から流星が駆け巡ったように見えた。

まさしく、その表現は正しい。しかしより正確に言うならば、流星は空を駆け巡ったのではなく——不遜にも宙を飛ぶ夜天竜ヴリガストへと注ぎ込まれたのだ。

「ガァアアア――ッ⁉」

全くの奇襲だ。ティレイアに視線を奪われていたヴリガストは、自分より遥か空から堕《お》ちてくる衝撃に打ち貫《ぬ》かれた。天から降り注ぐは光弾の嵐。流星群が竜を呑《の》み尽くさんと次々に身を捧《ささ》げる。

「――これで、終わってくれれば」

ティレイアの、呟《つぶや》き。

だが、これで終わるのであれば。ヴリガストは災厄たりえない。

「――ギァアアアァアア――ッ！」

放たれるは、天を征服せんと言わんばかりの業火《ごうか》。竜の渾身《こんしん》の大火球《ブレス》が、流星群と相対して猛威を尽くす。火と火が重なり合う姿は、さながら業火の旋風。天と地が互いの覇権を競いあっているかのよう。

それが、数十秒。時が止まりそうなほどの競演を、誰もが見ていた。呼吸も、瞬《まばた》きも、意識すら失って神のダイスの行く末を見ていた。その決着が、彼らの運命を決めるのだ。

次の、瞬間。

竜の大火球が掻《か》き消える。が、また同時に流星の嵐も消え去っていた。互いが互いを消滅させ、残るはただ虚空のみ。古代から伝わる大魔法と、偉大なる竜の大火球は同時消滅という決着に終わった。

だが決定的に違うのは、ヴリガストは多大な魔力を浪費しながらも、まだその強大な体《たい》軀《く》があるという点だ。その巨体をもってすれば、ただ暴れ回るだけで国家を滅ぼせる。

「ッ──ガァァアア！　よくも、よくもこの我を──罠《わな》にかけてくれたなッ！　亡《ほろ》ぶべき人類種共が！　潔《いさぎよ》く自ら死ぬ知性すら持たぬ者共が！」

「ッ！」

怒りの咆哮《ほうこう》が、天を貫く。夜天竜たる身が、ここまで痛めつけられたのは初めての体験だった。痛みよりも竜の自尊心が許容を拒む。噴き上がる煙の中、瞳がぎょろりと空中居城を探した。

魔力の出どころが、そこにあるのをヴリガストは知覚していた。元より、英雄ティレイアもそこにいる。英雄と宮殿。二つの脅威を砕け散らすために、竜は顎を開きながら翼をはためかせた。

ティレイアがその咆哮に、覚悟を決めながら表情を顰《しか》める。不味《まず》い。ほぼ無傷のまま。これでは──。

ヴリガストが空を両断しながら牙を唸《うな》らせる。宮殿を崩壊させせんと、ティレイアをかみ砕かんとするように。

竜の牙を前に、人間の英知は意味をなさない。悉《ことごと》くが両断され、悉くが失われる。

だが——ヴリガストは、ティレイアの想定から外れ、まるで虚空を摑む様に空中居城の真下に食らいついていた。

「伝承、解錠——『万物偽転』。回数制限付きの『伝承』を切らない内に終わる所だった、危ない危ない。こういうのは、もっと上手《うま》い見せ場で使いたかったんだがね。だがまぁ、僕らしいといえばらしいか」

同時、憎たらしい声が聞こえてきた。宮殿から、かつりかつりと足音が聞こえてくる。

ただ朝目覚めただけかのように、彼は言った。

「『万物偽転』は、認識に干渉するのでも、時間感覚を惑わせるのでもない。対象の肉体動作そのものへ手を加える。魔力は逆流し、思った通りの動きは不可能になる。ヴリガストはこの居城に食らいつこうとしたが、身体が言う事を聞かなかったのさ。まぁ、時間稼ぎには丁度いいだろう？　ハッハッハ！」

「——寝坊した直後にその様子とは、反省が全くないようだな、高瀬《たかせ》クレイリー？」

「死んでたんだ。ちょっとくらい休ませてくれよ」

長い杖《つえ》を肩に置きながら、欠伸《あくび》をして魔導英雄——高瀬クレイリーはそう言った。

＊

「さぁて、上手く事は運んだと見ていいのか、ティレイア？」

「馬鹿にするな貴様、私が下手を打つように見えるのか？」

見えるから言ったのだが、流石《さすが》にそうとは言わないでおこう。場所は空中居城。眼下には夜天竜ヴリガストときた。とすれば、まさしく場面はクライマックス。最高の舞台だ。

なのだが、

「……僕をわざわざ空中居城に運び込む必要あったか？　安全な地上じゃ駄目だったか？」

「ふん。案を出したものは、その最も危険たる場所にいる責任がある。当然だろう」

あ。今ちょっと愉快そうに笑いやがった。絶対わざとだなこいつ。ルイナの現身《うつしみ》というだけはある。やはり内面までそっくりだ。

「――そうか。汝《なんじ》か、魔導英雄」

だが戯《たわむ》れられたのもここまでだった。流石のヴリガストも、何者かの干渉があった事にはすぐに気づく。先ほどのはあいつが怒りに我を忘れてる所だから通じたんだ。もう一度は厳しい。

「ティレイア、一度防げるか。もう少し時間が欲しい」

「……必ずとは言えん。だが貴様は守ってみせよう」

それは、自分自身の犠牲はあり得るという事で。ティレイアほどの英雄をもってしても、ヴリガストを抑え込むのは容易でない事実を語っていた。

「地べたを這《は》いつくばる人類種、下劣な英雄どもが。策を弄して尚《なお》、汝らに勝利はないと知るが良いッ!」

ヴリガストが両翼を広げた。舞い上がり、今度こそ空中居城を自らの爪牙《そうが》で呑《の》み込まんとしている。ティレイアが剣を構え、吐息を漏らした。

しかし——。

「——あら、御仁、ティレまで。よもや私の事をお忘れでして?」

瞬間、銀の影が夜を疾駆した。僕やティレイアだけではない、ヴリガストまでもが、予想外の乱入者に目を剝《む》いた。

「跳躍《ラビット》する者——と呼ばれる私達にとって、ここは跳躍領域ですもの。お任せあれ」

「カルロ——ッ!」

鉄の舞曲。城門を守護していたはずの英雄は、城門を足場として高々と空を跳んでいた。

一瞬、僕とカルロの視線が合う。彼女はくすりと笑って、指軽くチッチッチと振った。

「城門は小康していますわ。それに、才色兼備、絢爛豪華《けんらんごうか》の私に魅せ場がないなど、ありえないでしょう?」

言って、輝かしい身体と黒鉄の具足を羽のように振り回し、カルロは跳ぶ。

ヴリガストへと向かって。

「兎人如き《うさぎびとごとき》、何が出来るッ!」

竜の顎が大きく開く。不敵にも宙を舞うカルロを一口に呑《の》み込んでしまわんとばかりに。

けれどカルロは、動揺の一つも見せはしない。

「ええ、ダンスが得意ですの、お付き合いくださる?」

言葉を失う。いいや、見惚《みと》れていたというべきかもしれない。

カルロは自らに向かって振るわれる牙を、両腕の黒鉄をもってして受け止めた。無論、反動で弾《はじ》き飛ばされるが、彼女は器用に空中居城やヴリガストの身体に脚をかけ、今度はヴリガストの爪を横合いから弾き飛ばす。次は頬、次は顎、次は首筋。

跳ぶ、跳ぶ、跳ぶ。まるで空の上で竜を相手に舞踏を演じるかの如く。豪語した通り、竜の爪牙をも受け止めて。

これこそが、彼女が持つ『伝承』――『鉄鋼の輪舞《リアド・ロンド》』、敵の攻撃の全てを回避し、パーティの盾となる者。

「鬱陶しい蠅《はえ》めが！　そのような真似《まね》、何の意味もないわ！」

「あら無粋ですわね、ダンスは意味を求めて踊るものではありません」

カルロが軽やかに跳躍し、ヴリガストの正面に出た。そうして、黒鉄の脚を伸ばす。

「行為そのものに、意味があるのですわ」

瞬きの暇もなかった。カルロの舞踏は、その一瞬の隙をヴリガストに作り出すためにあったのかもしれない。黒鉄が、竜の瞳に接近し。

「――堕ちなさい竜よッ！」

プラマーズ戦で見せた、城壁を破壊した鉄脚。それが深々とヴリガストの瞳に突き刺さる。容易には剣すら通さない竜の瞳も、カルロの鉄脚には敵《かな》わない。

「ギア、ァァア――ッ!?」

咆哮とも言えないうめき声。初めて聞く竜の悶《もだ》える音。堪《たま》りかねてヴリガストの高度が落ちていく。カルロはそのまま軽く跳びあがり、僕の方を見た。これでいいのかという確認だ。

深く、頷《うなず》く。最高のセッティングだ。

それを見た後、再びカルロは空中居城の一部を蹴り上げ、地上へと跳んでいく。パーティの盾役、鉄の舞曲に休む暇はないらしい。

「ギ、ィグゥ――馬鹿な、真似を！　汝らに出来るのはこれだけだ、無駄な足掻《あが》きでしかない！」

ヴリガストは片眼《かため》を失って尚、意気軒昂《いきけんこう》。それだけの戦力が彼にはある。あの強固な竜の身体《からだ》がある限り、彼は絶対に屈しない。

ならば、取るべき手段は一つ。

「――さて、ヴリガスト。二度も騙《だま》して悪いが、次は騙さない。実像だ――摑《つか》まれよ、テイレイア」

所詮、僕の使える魔法は騙し技。カルロもまた、翻弄は出来てもヴリガストに致命傷は与えられない。全ては時間稼ぎに過ぎなかった。

だが、僕からすれば時間稼ぎが出来れば良かった。

皇女エーデルハイトによる大魔法の行使によって空中居城の魔力は空になるまで使い込まれた。その残り滓《かす》も、流石にもうそろそろ限界だ。

すると、どうなるか。この空中居城は当然、何の力もなしに浮遊しているのではない。魔力エネルギーを浮力に変換しているだけだ。

浮力を失った物体は――当然、墜落するしかない。

音を立てながら、多くの歴史を積み上げてきた空中居城が落下する。まるで歴史の節目を描いているかのようだ。画家が見れば、この光景を美麗な絵画に仕立て上げるだろう。巨体を誇るヴリガストを真の意味で叩《たた》きのめすには、同じだけの質量を衝突させるしかない。だからこその策だったが、よくもまぁ他の面々を説得しきったものだ。

「グォォオオオオ――ッ！」

ヴリガストとて、無抵抗ではない。魔力を吐き出した彼に大火球は行使できないが、まだ飛行能力は健在だ。十二分に回避できる。

しかしそれは身体が、万全であるならば。今や彼は片目を失った。その上、こちらには手札たる『伝承』がまだ残っている。

「――逃げられると思うなよ。私の精霊は最強だ！　――伝承解錠。精霊共鳴！　祈り、讃《たた》え、喝采なさい！　天を飛ぶものを、地に縛り付ける鎖を与えよ！　『天地縛鎖《アードルラーヤ》』！」

妖精姫の声に、必ず精霊は応じる。

「――森の寄生虫がァッ！」

瞬間、ヴリガストの身体が硬直した。アドリエンヌでは、ヴリガストを縛り付けられるのは一瞬だと言っていた。だが買いたかったのはその一瞬の硬直だ。その一瞬さえあれば。

――空中居城は、ヴリガストの身体へと衝突する。

「伏せろ――っ！」

宮殿が、落ちていく。ヴリガストの身体を目掛け、まるでその傲慢を思い知らせるように天から地へと叩きつけるように。

「――ガ、ァァアアァア!?」

ヴリガストへと、空中居城が突き刺さった。

落ちる、落ちていく。衝撃と咆哮《ほうこう》とともに。その時間は永遠に続きそうだった。

「お、い――おい、高瀬クレイリーッ！」

地面に伏せた僕にしがみつくようにしながら、ティレイアが言った。

何だ。こちらは口を開くだけで舌を噛《か》みそうだぞ。というかせめて地面にしがみつけ。

「こんな、時に。何の話、だ！」

ティレイアは躊躇《ためら》ったように唇を歪《ゆが》めつつ、しかし口を開いた。

「貴様――安易な一時の安息と、困難な完全なる勝利、どちらが良《い》い？」

＊

「……高瀬クレイリー」

天羽《あまは》ルイナは、読書研究会の部室でぽつりと呟《つぶや》いた。雨音に紛れる程度の、彼女らしくない小さな声だった。

話相手は、正面に座る男、高瀬。ルイナに付き合える奇人変人の類だ。現実主義者のようで夢想主義者であり、悲劇より喜劇、現実的なバッドエンドよりも安易なハッピーエンドを好む輩《やから》だ。ルイナとは真逆に思われた。

本来ならば堂々とバッドエンドに叩きこんでやる所だが。不思議と弁が立つのと悪運がある所為《せい》か、とうとうクライマックスにまで残ってしまった。

いいやそれは、高瀬《たかせ》が懸命に智恵《ちえ》を巡らせた結果でもあるのだろう。彼は、彼なりのやり方でゲームを存分に楽しんでいる。

その上――どうやら、この世界を好んでくれているらしい。

「おい、聞こえないのか」

高瀬は熱中しているのか、たまにしか返事をしなかった。ダイスを振れと言えば、確かに振るのだが。シナリオ中は殆《ほとん》どこうだ。ルイナとしても悪い気はしない。

何せ、今まで自分の物語にここまで熱中してくれる人間はいなかった。当然、ここまで付き合えた相手も。

今までは、ずっと一人だったから。

一人で世界を創り、一人で世界を旅し、一人で世界を救った。

それで良い。それが良い。

ルイナは問答無用で肯定する。

だってそうでなければ、怖いじゃないか。

これは、私の完璧な世界、私だけの世界だ。真っ白なキャンバスに、私が初めて筆をつけた世界。

誰にだって否定されたくない。浸食されたくない。見られるのだって嫌だ。

でも。

誰かに肯定されたい。一緒に楽しんでほしい。私の事を見つけてほしい。

ねじ狂うような矛盾が体内にあるのをルイナは感じた。

高瀬を見る。自分は彼にどうしてほしいのだろう。屈してほしいのか、それとも救われてほしいのか。嫌われたいのか、そうでないのか。

耐えがたい渇きを、ルイナは喉に感じていた。自分の事が何よりも理解出来ない。

けれど。漂白されたように真っ白な頭の中。ただ一つの事実が、灯《ともしび》となって輝いていた。

お気に入りの本屋に、誰かと行けたのは初めてだった。たい焼きを、一緒に食べたのも。

ああ、そうして、何よりも。

——これほどゲームに熱中出来たのは、何時以来だろうか。

この時間を終わらせたくない。少しでも長く、少しでも深く。

ルイナは躊躇ったように唇を歪めつつ、しかし口を開いた。

「ええと、うん。私は悲劇主義者だが。お前がどうしても頼み込むのなら、少し加減をしてやっても良い。お前の好きな安易なハッピーエンドだ。好きだろう、そういうの」

現実がままならないからこその、安易な幸福主義者。真っ当にやれば、この現状でも敗北は決まっている。だから、抜け道を用意してやった。

現実は厳しい。物語のように上手《うま》くいくわけがない。英雄は現実に存在せず、理想は一滴の現実に打ち倒される。ルイナが悲劇を好み始めた発端。

高瀬を見る。答えを待った。彼がぽつりと、言った。

「——いいや、安易な勝利とやらは、僕は遠慮しておこう」

ルイナが思わず、眼《め》を瞠《みは》った。何故《なぜ》。負けて良いとでも。そう問いかける前に、高瀬はすらすらと言葉を続ける。

「渾身《こんしん》の努力の果てにあるのは、完璧な勝利じゃなくちゃあならない」

ルールブックを持つ指先に思わず力が入った。

諦めを知らず、妥協を拒み、敗北の先になおも勝利を望み続ける。神の寵愛《ちょうあい》はなく、運命に見放されてしまっても。苦渋をにじませながら決して歩みを止めない。

ルイナは硬直したまま、口を噤《つぐ》む。濁っていた意識が、真っ白に洗浄される。

その姿は、その言葉は。――ルイナが過去に夢見た、英雄そのもののよう。

＊

「――いいや、安易な勝利とやらは、僕は遠慮しておこう。渾身の努力の果てにあるのは、完璧な勝利じゃなくちゃあならない。それ以外なら、こっぴどく負けた方がマシってもんだ」

「どうしてだ。安易な幸福にも、得る所はあるだろう」

「我慢ならないからさ」

「は？」

急に何を聞いてくるんだろう、こいつ。何のことかさっぱり分からないまま、応じた。

「僕自身の事なら別だがな、努力は報われるべきだ。そうでなくちゃあならない。死力を尽くした者が報われないなんて御免だね。そうじゃない最後なんて我慢ならない。それこ

そが美しいと僕は信じてる。言っただろう――たとえ世界が敵に回っても、僕は必ず全てを手に入れる。案外と、僕は強欲なんだ」

「――正気か貴様」

「正気だよ、もしくは僕以外の全員が正気じゃないって事でも良い」

そりゃまぁ現実が甘くないのは知ってる。だがだからこそ、そんな美しさを求めても良いじゃあないか。

ティレイアは数秒黙っていたが、軽く噴き出して言った。

「ク、ハハハハ！　いや、うむ。悪くないな、良いぞ。その案に乗ってやろう」

「は？」

今度は僕が疑問を呈する番だった。

その案とは、何だ。

「聞け。貴様の言う通り、このまま地上へ衝突すれば、ヴリガストは重大な傷を負う。だが――奴《やつ》には奥の手がある。滅びはしない」

嘘《うそ》だろ。そこは滅びておけよ。自分とほぼ同じ大きさの建築物に叩き落とされてるんだぞ。

いや、そうか。そういえばヴリガストの『伝承』を見ていない。クソ、ボスがそんなの持つなよ。

「暫《しばら》くは、ミシュレも延命できる。しかしそれまでだ、もう次は同じ手は取れない」

「参ったな、これ以上の手はないぞ」

「いいや、ある」

ティレイアはあっさりと言い放った。碧眼《へきがん》が、異様なほどに輝いている。

「墜落と同時、魔剣ヴルバァーンで奴の首を刎《は》ねる。それだけが、奴を殺す唯一の好機だ」

「……そうって事は、問題があるって事だよな」

問題がないのなら、ただそれをやれば良いだけだ。わざわざ口にしたりしない。

ティレイアは当然、というように笑みを浮かべて頷《うなず》いた。

「貴様も知る通り、魔力が足りない。殲滅者《せんめつしゃ》プラマーズに使い果たしてしまったからな。せめて、あの時と同等の魔力が欲しい。しかし、だ」

一拍をティレイアは置いた。もうそろそろ地上が近い。『伝承』は一つの物語に、一回限りの代物。もう一度使えないってのは当然だ。

衝撃に備えつつ、僕にしがみついたティレイアを見上げる。彼女は僕を見下ろすようにして言った。

「——貴様の魔力を使えば、話は別だ。魔法使いたる貴様には莫大《ばくだい》な魔力が眠っている。上手くいけばより魔剣の力を引き出す事も可能だ」

「そんな事、どうやって」

「傷だ」

ティレイアが、その細い指先で僕の横腹を撫《な》でた。

思わず変な声が出る。

「貴様には、ヴルバァーンで呪い傷を付けた。貴様と私の繋《つな》がりはもう出来ている。魔力を引き出す程度は容易《たやす》い。問題はただ一つ、この魔剣は大喰《おおぐ》らいでな。吸い上げすぎる危険がある。そうなれば今度は命だけではなく、魂とて魔力化され消失する」

横腹が異様に痺《しび》れると思った。そんな真似《まね》してたのかこいつ。

つまり、ヴリガストを完全に殺すには僕の魔力を使って魔剣を抜剣するしかない。反面、魔剣が魔力を吸い上げすぎて僕が死ぬ可能性があると。なるほど、これはティレイアだけでなく、ルイナからの提案でもあるわけだ。

その機会を与えてやる。リスクも合わせて。さぁ、どうする幸福至上主義者？

「分かった、やろう」

「即断か。理由を聞いても？」

「君がコントロールするんだろうティレイア。今更疑うかよ。上手くやってくれ」

「――ふん」

ティレイアが僕の身体《からだ》から離れて、揺れ動く大地の中に立ち上がった。ヴリガストが足掻《あが》いている所為か、空中居城も荒れ狂わんばかりの振動だ。

「貴様もだ、来い」

彼女に支えられながら、魔剣の柄に手を添える。よく分からないが、この方が魔力が通りやすくなるのだろうか。

何にしろ、ティレイアの剣技は間違いなく英雄のものだ。まさかこの期に及んでミスはするまい。それも込みで承諾したのだ。

よもや、低成功率などとは――。

『成功確率――５％』

嘘だろ。

「覚悟はいいな、高瀬クレイリー。貴様の命、私が預かるぞ」

「――分かった。好きにしろ！」

今更、やめてくれとは言えない。冷や汗が背中を舐《な》めていく。動悸《どうき》が激しい。

しかし。

「ふふん。そうだな、得るならば、完璧な勝利だ！」

ティレイアの――ルイナの嬉《うれ》しそうな事。なら、付き合ってやろう。それに、逆を言えば5％もの確率で竜を殺せる。博打《ばくち》も成り立たなかった今までからすれば、十分すぎるとも言える。

ならば良い。下手を打っても僕が終わるだけ。こちらの方が美しいと信じる。

「――魔剣ヴルバァーン――抜剣。征《ゆ》くぞ、高瀬クレイリーッ」

魔力を通す第二の血管。『経絡《レール》』が接続される。

同時、身体から立っていられなくなるほどの魔力が吸い上げられていく。

遠慮がない。躊躇《ちゅうちょ》がない。『暴食』の名の相応《ふさわ》しさが分かった。意識が眩《くら》み、視界が明滅する。

ティレイアにもたれかかり、何とか立った姿を維持した。

接触している影響か、魔力が直接ティレイアに注ぎ込まれ、そうしてヴルバァーンへと伝達していくのが明瞭に理解できる。

繊細に、それでいて暴力的に。魔力を吸い上げる兵器。強大な敵を討ち果たす為《ため》に備え付けられた機能は今、その本懐を発揮しようとしていた。

「グォ――ォォオオオオ――ッ！　ふざけるな、貴様、貴様らァァアアア！」

ヴリガストもまた終わらない。まだ終われないとうめき声をあげる。彼の竜の伝説が、この程度で終わるものか。

竜の伝説と物語は常に、更に偉大なる者に討ち果たされて終わるのだ。

魔剣が――振り上げられる。地上が近い。しかしそんな事が気にならないほどに、魔剣は雄大だった。

いいやもはやソレは、魔剣という範囲に収まるのだろうか。夜闇の帳《とばり》が落ちた中、天に君臨する太陽を思わせる熱量。煌々《こうこう》と光をあげるソレを、どう呼称すれば良い。思えば太陽もまた、周囲の空間を貪りながら熱を発する暴食なのである。

空中居城が、落ちる。

「ガギ――ァァアアアアアアァァァァア゛ア゛■■■■■■■■■■■■――ッ！」

ヴリガストの身体が大きく痙攣《けいれん》する。奴の身体は間違いなく、空中居城に貫かれている。その傷は致命だ。血脈は止まり、骨は砕かれ、肉は修復不可能なほどに破裂した。

だが、その後に――それは始まった。

ヴリガストの咆哮《ほうこう》は、死者を蘇《よみがえ》らせアンデッドとする。だからこそ彼の竜は地を睥睨《へいげい》するアンデッドの軍勢を作り上げられた。

死者を呼び覚ます、悍《おぞ》ましい戦慄の咆哮。死者の眠りを妨げる、暴虐の君主。

そうして、その対象は、自身すらも対象だ。

ヴリガストが『伝承』――『死者の君主《アンデッドキング》』。

「許さん――貴様らを許す事は、地の果てが滅んでもありえんッ！　次は、次こそは！」

竜の雄々しくも美しかった黒鱗が、灰色に変色していく。肉が滅びを迎えてなお、両の眼は輝きを増していく。竜の身体が一度の死を迎え、アンデッドとしての復活を迎えている証拠だった。

ティレイアの語る、ヴリガストの奥の手。死して尚《なお》滅びないその身体。

――時は来た。

ティレイアが跳んでいた。僕の身体も、彼女とともにあった。殆《ほとん》ど無意識だった。魔力の経絡が繋がっているため、意識が半ば混同している。

「いいや、次はない。ここが、貴様の栄光の終わりだ魔竜」

ヴリガストの首筋が、すぐ傍《そば》にあった。ふと、明滅する視界が一点に集中する。

奴が顔を上げた際に見えた、首の内側に――逆鱗《げきりん》がある。触れれば竜を激怒させるが、これこそが竜の急所と語られる場所。

「ティレイアッ！」

それだけで良かった。経絡を通し、彼女もまた理解している。

魔剣の刃が、狙いをすます。

それは余りに暴力的な熱であった。剣というには烏滸《おこ》がましい。

最大魔力の三割にも満たない状態で、周囲空間を鳴動させる。魔力の波動が剣を超えて場そのものに影響を与えていた。獰猛《どうもう》に捩《ねじ》れ狂う生物が指先を動かせば、誰もが反応するのと同じように。

夜天竜のアンデッド。相対するは、かつて世界を救う為――神より授けられた聖剣にして魔剣。黄金連盟、至高の一角。

魔が、放たれる。

「――ヴル《栄光を》――バァーンッ《食らう暴食》！」

神が――ダイスを振った。人が力を尽くした果ての結果を、問うように。

【Name】 ティレイア

【Job】 騎士英雄

【Level】 24

【種族】 人間

HP：121　MP：70

筋力：18　器用：14　敏捷：12　精神：5

知力：8　信仰：5　幸運：1

【Skill】

『魔剣の担い手』
魔剣を使用するための必須スキル。スキル所有者は、魔剣の呪いを受ける事がない。
"ソレはかつて聖剣と謳われ、英雄とともにあった。今もソレは英雄とともにある。
もはや、零落した身であったとしても"

『大地を喰らう暴食』
魔剣ヴルバァーンの一振り。攻撃範囲を選択可能。使用魔力量に応じた威力を発する。
"即ちこれは本当は剣ではなく、大地を切り裂く道具なのだ"

『栄光を喰らう暴食』（伝承）
魔剣ヴルバァーンが覚醒した姿。対象（単体）のあらゆる耐性を無効化し、
使用魔力量に応じた威力を発する。使用回数はシナリオ中一回。
"輝かしい栄光、麗しい勝利、万雷の如き喝采。魔剣はその全てを喰い尽くしてしまう"

【Sub Skill】

『剣技』Lv5
"輝く剣閃は弛まぬ鍛錬の証。ただ積み上げ、ただ繰り返しここにいる。"

『判断力』Lv3
"戦場において、一瞬の判断が生死を分ける。この域に至れば、
呪いのように最適な判断を続けるだろう。"

『神の寵愛』Lv－
"神の愛情と憎悪を一身に受け、彼女は生存を続ける。
たとえ、それが望まざるものであったとしても。"

エピローグ／世界を滅ぼしかけて偉そうにするんじゃない

貴重な日曜日を、ルイナの為に捧《ささ》げてやる僕は聖人認定されても不思議ではないはずだ。是が非でもどこかの教会に請願したい。

淡い朝焼けを目にしながら、大きくため息をついて学校に向かう。部活動だって、土曜日は活動しても日曜日は休みというのが多いはずだぞ。

通学路、そのすぐ近くに知った顔があった。

有栖川《ありすがわ》だ。

「おはよう」

「何で僕が学校に行く事を知ってるんだよ君は」

「知っているからさ」

答えになってない。

しかし一切答える気がなさそうに、有栖川は僕の横に付いて歩き出した。どうやら、このまま付いてくる気らしい。

「友人は、確率というものをどう考える？」

「はぁ、確率？」

急に何の話だ。

「そうだ。確率は平等だと思うかい？　実際は、良《い》い結果ばかりが巡ってくる人も、悪い結果ばかりが巡ってくる人もいるんじゃないかな」

「確率ってそういうもんだろ。偏るもんだ。悪い結果ばかりが巡ってくる事もある」

「その通り。だが、最善を尽くし続けたのに良い目がでなければ、そうとは思わなくもなる。確率を呪いたくもなるじゃないか」

「その時は、そうだな」

運勢は偏在する。どれほど確実と思われても、運が悪ければ何の結果も残せない事だってある。それほどに理不尽で、暴虐な君主だ。

「それならまぁ、もう一回振り直せばいいだろ。僕たちに出来るのはそこまでなんだから」

「――はは。良い事言ってくれる。まぁ、それで良いさ」

校門がもうすぐ見える。その時になると、有栖川はあっさり足を止めた。何のために来たんだ。

「友人、我らが神の機嫌を損ねないようにしてくれよ。彼女の機嫌一つで、何が起こるか分からない」

「……流石《さすが》に面倒過ぎないか、それ」

「うむ。全くその通り、面倒だ。はなはだ面倒な神様なのさ、我らが神はね。だが、彼女の作った世界は美しい。そうだろう？」

有栖川は笑みを浮かべながら、立ち止まったまま僕の背中を押し出した。

ああ、そこだけは同意してやろう。

すぐに校門が、視界に入ってくる。

——やけに得意げな顔をしたルイナがそこにいた。

「ふふん。何だ、遅いじゃないか。まだまだ甘いな」

「何が甘いだ。まだ時間の三十分前だ」

「それが甘いというのだ。私は一時間前にいた」

「だから反則だろそれ⁉」

どこか笑う様子で半開きの校門から入り、部室の鍵を指先で回しながらルイナは言った。

「——さて、では昨日の続きから行くとしようか」

「良いけどよ。もう殆ど終わりだったたんじゃないのか？」

少なくともあのシナリオは、もうクライマックスを迎えていたはずだ。とはいえ、僕も続きが気になってこうして日曜日まで捧げているのだが。

「無論、新しいシナリオはすでにある。私を見くびるなよ。折角新しい資料も手に入った事だしな」

ルイナが手にしているのは、共同購入という名の下、僕が金を半分支払わされた神話大系の専門書だ。

「是非役立ててくれ、高い買い物だったんだからな」

殆ど無人の校舎を歩く。新鮮な空気が心地よかった。

「そういえば、ゲームを攻略したら何でも願いを叶《かな》えてくれる、とか言ってたよな」

「む。まぁ、そのそれは確かに、そう言ったが」

途端に、ルイナは両腕を組んで身体《からだ》を傾ける。ひょっとすると初めて、ルイナを困らせる事が出来たかもしれない。

「不埒《ふらち》な事をするつもりだろう！　ええい、この悪辣な凡愚め！」

「何を言っているんだ君は！」

「ならさっさと願いを言えば良いだろう！」

ルイナは僅かに頬を赤らめながら、僕を指さしてくる。人を指さしてはいけませんと習わなかったのだろうか。

まぁ、僕もこんな所で、彼女に変な要求をするつもりはない。

「よく考えておこう。様付けで呼んでもらうとか、語尾を変なのにするとかな。そういうので満足してやるよ」

「ハハハ、私にも堪忍袋《かんにんぶくろ》の緒というものがあるぞ？」

「意外だな、そんなものないと思ってた」

ふんっとルイナは鼻を鳴らした。どうやら口調は強いが、そこまで機嫌を損ねていないらしい。

会話の間に、読書研究会の部室へと辿《たど》り着く。相変わらず入るのは僕とルイナだけ。

——窓から見える空は晴れていた。雨は一滴も降っていない。まだ梅雨明けではないが、間にはこういう日もあるだろう。

「これから夏休みもある。そうなれば泊まり込みの合宿も考えられるな」

「正気かお前」

「何、適当な理由をつければ教師も納得するだろう。お前の得意技だ」

「しかも僕任せかよ」

テーブルにフィールドマップを広げながら、ルイナは好き勝手を言う。苦笑をしながら椅子に座った。

フィールドの舞台は、ミシュレ星辰《せいしん》皇国。

──昨日、夜天竜と使徒を討ち果たした国家。生き残った者達。

今日はそのエピローグからだった。

自分の思惑を崩されたというのに、やけに嬉《うれ》しそうにルイナは言った。

「アレで終わりと思うな。まだ、何一つ終わっていない」

そう言いながら、早くも次のシナリオの事を話し始める。

「──世界は落ち続ける。呪いの獣がその身を起こし、冠絶の魔女は暗躍する。大樹創世国家レイピアドは、落下し続ける。所詮全ては仮初《かりそ》めに過ぎない。誰も真実を信じない」

相変わらず、語り口調が美しい。そのまま聞いていても良かったが、一つだけ口を挟んだ。

「待ってくれよ。先にエピローグをやらせてくれ。ティレイアにカルロ、アドリエンヌ。それに王国の連中も。あの後の様子くらい見せてくれよ」

「む。勿論《もちろん》、それはそうだ。仮初の勝利を祝うが良い！」

「何でちょっと上からなんだよ。世界を滅ぼしかけて偉そうにするんじゃない！」

「私は良いんだ。創造神だからな」

創造神であったり、ティレイアであったり。忙しい奴《やつ》だな、本当。

しかし、今更この場から降りてやろうという気は欠片《かけら》も起きない。とりあえず、貴重な日曜日を丸々捧げてやっても良いかという気にはなっている。

僕もまた、彼女の世界が好きだからだ。

何時《いつ》ものように、ダイスを持った。

「では――ダイスを振るが良い、『魔導英雄』高瀬《たかせ》クレイリー。歓迎しようッ！　最後まで付き合うと、そう言ったのは嘘《うそ》ではなかろう？」

「当たり前だろ。もう勘弁してくれっていうまで付き合ってやる」

そうして、ダイスを振る。

その目の先にあるものは――まさに神のみぞ知る。

＊

――完膚なきまでの、完全なる勝利。

廃絶世界バリスノーンの人類種にとって、それは余りに遠いものだった。

実感は幾ら経《た》っても湧いてこない。足の裏を這《は》うように、くすぐったい感触が襲うだけだ。

王侯貴族から、貧民に至るまでそれは同様だった。

何を行い、結果として何が起こったのか。そこに接続する為《ため》に必要な経験が彼らには足りない。今まで、敗北という結果を迎え過ぎたが故に。現実を正常に認識する能力が後退していた。

しかし一つ、また一つと目の前にあるありのままの事実を受け止めていく。

――天高く空を覆った、竜の首は落ちた。

アンデッドは生みの親を失って、さらりさらりと灰になって消えていく。彼らを無理やり呼び起こす竜の咆哮《ほうこう》は、もう二度と轟《とどろ》く事はない。

その醜悪な喉笛は、偉大な剣によって両断されたのだから。

竜の血を浴びた、英雄がいた。誰もが彼女を見ていた。ゆったりと、魔剣が持ち上げられる。

「――使徒、殲滅者《せんめつしゃ》プラマーズ。災厄、夜天竜ヴリガストはここに潰《つい》えたッ！」

万感を込め、噛《か》みしめるように、騎士英雄ティレイアが叫んだ。

「――我らの勝利だ――！　勝鬨《かちどき》をあげろ――ッ！」

一瞬の静寂、そうして直後の――空を唸《うな》らせる万雷。

「オ――ォオオオ！」

多くの者が声をあげる事しか出来なかった。またある者は両腕を掲げ、喝采を織りなす事しか出来なかった。

だがそれで良かった。感情を表すにはそれで充分だった。

皇女エーデルハイトは、静かに自らの瞳から涙が零《こぼ》れ落ちている事に気が付いた。幾ら止めようと思っても、全くもって止まらない。

「殿下……。我らの、そして、彼らの勝利です――ッ！」

「ええ、そうです。夢にも見れなかった」

パスカルが、歯を噛みしめて言う。エーデルハイトは口元を手の平で覆いながら何度も頷《うなず》いた。

次の瞬間には、竜が起き上がり再びアンデッドを起き上がらせるのではないか。そんな幻影に誰かが囚《とら》われる。しかし、そんな事は起きなかった。竜は沈黙するばかりだ。それこそ、永遠に。

竜を殺した英雄、ティレイアは感情を必死に胸に抱えながら堂々とした様子で振り返った。さもその様子を、見せびらかしてやろうと言わんばかりだった。

「どうだ。これで私を見直したろう、貴様。もはや、不幸を引き連れる英雄とは言わせん」

言いながら、後ろを振り返る。

高瀬クレイリーが大きな杖《つえ》を肩に置いて言った。

「そりゃあね。世界を救ったんだ。堂々としてればいい」

「ふふん、いやしかし」

ティレイアはこほんと、一拍を置く。

「その、なんだ。そういう貴様もよくやった。今ばかりは、労《ねぎら》うくらいはしてやろう」

「いや慣れないならやめろよ。自分から言って恥ずかしがるな。こっちも恥ずかしくなる」

「なんだと貴様ぁ!?」

ティレイアは思わず頬をひくつかせた。相当の勇気をもって口に出したというのに、この男は。

「全く。少しは歩み寄ってやろうという配慮が貴様には欠けているらしいな」

「歩み寄り、ねぇ。それなら、そうだな。昔の話でも聞かせてくれよ。そっちの方が興味がある。プラマーズが言うには、君は最も神と親和性の高い英雄なんだろう。どんな冒険をして生き抜いてきたのか、聞きたいもんだね」

反射的に眦《まなじり》をつり上げ、ティレイアは唇を尖《とが》らせる。色々と耳ざとい奴だ。いいや魔導英雄などという胡散臭《うさんくさ》い輩《やから》は、こうあるべきなのか。

「英雄たらんと初めて神に造り上げられた……というだけだ。神が人間世界に顕現するための器だった、という神託を授けられた事もあったな。が、今となっては馬鹿らしい話だ。それに最初の冒険は、他の英雄がいない以上、何もかも一人で乗り切らねばならなかった。貴様とは違い随分と苦労をしたものだぞ」

「は？　いやいや、僕も最初は一人だったぞ。誰かに頼る所か、そんな人間さえ見当たらなかった。その上、即殺されたんだからな⁉」

ティレイアは思わず噴き出した。言っては何だが、ろくに戦闘も出来なそうな高瀬クレイリーが、一人で放り出され即死した？

耐え切れず、笑い声が唇から零れだす。

「く、ククク。ハハハ、貴様の場合はきっと神の嫌がらせだろう。よほど貴様は神に嫌われているのだろうな。それとも、よほど運がないかのどちらかだ」

「……まぁ運の偏りに関しては言い訳できないが。そりゃあ君にも言えるんじゃないのかい。滅亡寸前まで追い詰められているんだからな」

言ってくれるものだと、ティレイアは眉を上げる。高瀬クレイリーもまた、目を細めてこちらを見ていた。どうやら互いに、相容《あいい》れない部分を抱えているらしい。

「……いずれ、貴様とは決着をつけてやるぞ。——高瀬クレイリー。『忍耐とは、己を司《つかさど》る最たるものである』騎士章典、第二条だ」

「御立派だな。出来れば、もっと穏便に話し合いで終わらせよう」

「貴様相手に、話し合いが出来るか！」

勝利の雄たけびと喝采の中、ティレイアの声が細やかな彩《あや》となって風に舞った。天には星々が舞い上がり、今この時だけ彼女の瞳を輝かせている。

いずれまた、こいつとは再び戦いをともにする。ティレイアはそれを確信しているかのようだった。

今は一たびの、休息に過ぎない。ならば少しばかり、昔話に興じるのもいいだろう。ティレイアは剣を鞘《さや》に納め、最初の冒険を口にしはじめた。

——世界を救う、次の物語に心を寄せながら。

あとがき

この度は『天羽《あまは》ルイナの空想遊戯 彼女の作った鬼畜ゲームを、僕が攻略するまで』をお読み頂きありがとうございます。

本作はファンタジア大賞の金賞を受賞させて頂き、此度《こたび》刊行となりました。無事、皆さまのお手元に届いたのであれば、これ以上の事はありません。

改めて申し上げる事でもないかもしれませんが、本作はＴＲＰＧ（テーブルトークロールプレイングゲーム）を下地にしています。幸運にも、私自身幾度もＴＲＰＧをプレイする機会に恵まれ、その経験をもとに本作を書き上げさせて頂きました。

私自身が想《おも》うＴＲＰＧの面白さの一つに、偶然から生まれるドラマという側面があります。

即《すなわ》ち、ルイナのようなゲームマスター、高瀬《たかせ》のようなプレイヤー。誰がどう望んだとしても、物語がその通りに進行するかは分かりません。常に物語は、他者の行動と神様の振るダイスによって、幸福にも不幸にも転がるのです。

ある意味、不幸至上主義者のルイナと幸福至上主義者の高瀬はそれを象徴する人間と言えるでしょう。二人は常に目指すべきエンディングを持ちながらも、相手の行動とダイス次第でまるっきり逆へ進んでしまう事もある。

しかしそれこそが、二人の楽しさであり面白さでもあると私は信じます。彼らは常にいがみ合うでしょうが、きっと人生をどう楽しむべきかはよく理解しているのです。

そんな二人を書き上げ形にしたタイトルが金賞を受賞し、世に出して頂けた事は、私にとって望外の幸福です。

改めてファンタジア文庫編集部および選考委員の皆さまと、担当編集の田辺《たなべ》様と伊藤《いとう》様、またイラストにて私の想像を遥《はる》かに追い抜き世界を形作って頂いた輝竜《きりゅう》司《つかさ》様、私と数多くTRPGを遊んでいただいたK氏、並びに本作の出版に関わって頂いた全ての方々に厚くお礼を申し上げます。

本作が、皆さまの心に少しでも響くものを残せたのであれば、これ以上の幸福はありません。

ショーン田中《たなか》

お便りはこちらまで

〒一〇二－八一七七
ファンタジア文庫編集部気付
ショーン田中（様）宛
輝竜司（様）宛

富士見ファンタジア文庫

天羽《あまは》ルイナの空想遊戯《くうそうゆうぎ》

彼女《かのじょ》の作《つく》った鬼畜《きちく》ゲームを、僕《ぼく》が攻略《こうりゃく》するまで

令和7年3月20日　初版発行

著者――ショーン田中《たなか》

発行者――山下直久

発　行――株式会社KADOKAWA
〒102-8177
東京都千代田区富士見2-13-3
0570-002-301（ナビダイヤル）

印刷所――株式会社暁印刷

製本所――本間製本株式会社

ISBN978-4-04-075776-6 C0193 ◇◇◇

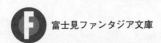

騙しあい。

各国がスパイによる戦争を繰り広げる世界。任務成功率100%、しかし性格に難ありの凄腕スパイ・クラウスは、死亡率九割を超える任務に、何故か未熟な7人の少女たちを招集するのだが──。

シリーズ
好評発売中！

ファンタジア文庫

世界最強の
“不可能任務”に挑む少女たちの
痛快スパイファンタジー！
スパイ
教室
竹町
illustration
トマリ

これは世界を救う
久遠崎彩禍。三〇〇時間に一度、滅亡の危機を迎える世界を救い続けてきた最強の魔女。そして――玖珂無色に身体と力を引き継ぎ、死んでしまった初恋の少女。
無色は彩禍として誰にもバレないよう学園に通うことになるのだが……油断すると男性に戻ってしまうため、女性からのキスが必要不可欠で!?
シン世代ボーイ・ミーツ・ガール!
1
王様のプロポーズ
King Propose
橘公司
Koushi Tachibana
[イラスト]――つなこ

最強の初恋
シリーズ
好評発売中!
F ファンタジア文庫

ファンタジア文庫
帰ってきた!
感動のクライマックスから約20年後――
高校生だった相良宗介と千鳥かなめは、
今や立派な大人に、そして……
愛するふたりの子どもを育てる、
仲睦まじい家族に……!?
相良家の刺激に満ちた日常を描く、
「フルメタ」新シリーズ、開幕!

シリーズ累計 1,150万部突破！
※文庫＋コミックス（ともに電子版を含む）

ファンタジア文庫
週に一度クラスメイトを買う話
～ふたりの時間、言い訳の五千円～
羽田宇佐《はねだ・うさ》　イラスト／U35《うみこ》
USA HANEDA

切り拓け！キミだけの王道
ファンタジア大賞
原稿募集中！
賞金
《大賞》300万円
《金賞》50万円
《銀賞》30万円
選考委員
細音啓「キミと僕の最後の戦場、あるいは世界が始まる聖戦」
橘公司「デート・ア・ライブ」
羊太郎「ロクでなし魔術講師と禁忌教典《アカシックレコード》」
ファンタジア文庫編集長
後期締切 2月末日
前期締切 8月末日
公式サイトはこちら！